FABIUS VON GUGEL

DIE
ANDERE
WELT

Mit einer
autobiographischen Skizze
von Fabius von Gugel
und Textbeiträgen
von Rudolf Kober,
Wolfgang Sauré,
Gerd Lindner,
Martin Mosebach,
Fabrizio Clerici

Herausgegeben von
Gerd Lindner

Panorama Museum
Bad Frankenhausen 1998

FABIUS VON GUGEL
DIE ANDERE WELT

Ausstellung im Panorama Museum
Bad Frankenhausen
5. Dezember 1998 bis 14. Februar 1999

Für das Zustandekommen der Ausstellung und des Kataloges sei an dieser Stelle allen Beteiligten ganz herzlich gedankt. Besonders zu danken ist jedoch Herrn Dr. Wolfgang Sauré, Kunstkritiker und Korrespondent der Zeitschrift »Weltkunst« in München. Von ihm kam die entscheidende Anregung zu diesem Projekt; sein unermüdliches Engagement hat dessen Realisierung überhaupt erst ermöglicht.
Für vielfältigen fachlichen Rat und Unterstützung gilt unser Dank schließlich auch Herrn Professor Dr. Rudolf Kober in Erfurt und Frau Elke Lindner, Kunsthistorikerin in Bad Frankenhausen.
Das gesamte Ausstellungsvorhaben wäre jedoch nie zu verwirklichen gewesen ohne die bereitwillige Hilfe und Mitarbeit des Künstlers, Herrn Fabius von Gugel selbst. Er hat nicht nur den Großteil der Exponate für diese Präsentation zur Verfügung gestellt, sondern auch weit über das Erwartete hinaus Einblick in sein Leben und Werk gewährt.
In den Dank einzuschließen sind jedoch auch alle übrigen öffentlichen wie privaten Leihgeber, die sich für die Dauer der Ausstellung von ihrer Arbeiten – oftmals besonders wertvollen Raritäten – zu trennen bereit waren.

Kuratoren der Ausstellung
Wolfgang Sauré, München
Rudolf Kober, Erfurt
Gerd Lindner, Bad Frankenhausen

Katalogkonzept und Redaktion
Gerd Lindner unter Mitarbeit von Elke Lindner (Textredigierung, Katalogkonzept) und Helga Weber (Recherchen zum Anhang)

Fotos
Massimo Napoli, Rom (Seite 52, 66, 67, 68, 69)
Roland Dreßler, Weimar (alle übrigen Reproduktionen)
Rudolf Kober, Erfurt (Porträtaufnahmen Seite 2, 3, 5)
Archiv des Künstlers (Fotos Seite 72, 73, 74, 75, 76, 77, 79)

Übersetzung aus dem Italienischen
Petra Kaiser, Berlin (für den Text von Fabrizio Clerici)

Titelabbildung
Trennung von Licht und Finsternis (Ausschnitt), 1950
Verzeichnis-Nr. 51

Satz und Gestaltung
Dietmar und Christopher Kunz, Leipzig

Reproduktion und Druck
Klingenberg Buchkunst Leipzig GmbH

Buchbinderische Verarbeitung
Kunst- und Verlagsbuchbinderei Leipzig GmbH

© Panorama Museum Bad Frankenhausen, 1998
Printed in Germany

ISBN 3-9805312-6-0

INHALT

Rudolf Kober
Befreundet mit dem Unerwarteten
Seite 7

Wolfgang Sauré
Moderne Variationen des Manierismus
Betrachtungen zu Leben und Werk
des Fabius von Gugel
Seite 21

Gerd Lindner
Projektionen einer anderen Welt
Fabius von Gugels Triumphe
Seite 53

Fabius von Gugel
Wasser auf meine Mühlen
Seite 71

Martin Mosebach
Sieben Ansichten über Fabius von Gugel
Seite 99

Fabrizio Clerici
... weitere, unvorstellbare Bizarrheiten
Seite 113

Anhang
Szenographie
Seite 125

Illustrationen
Seite 128

Ausstellungen
Seite 129

Eigene Schriften
Seite 129

Verzeichnis der ausgestellten Werke
Seite 130

RUDOLF KOBER
BEFREUNDET MIT DEM UNERWARTETEN

Es sei vorweggenommen: Rational läßt sich die von Fabius von Gugel gestaltete Bildwelt weder gänzlich beschreiben noch erklären. Angesichts der klar erkennbaren Gegenständlichkeit mag das als Widerspruch scheinen. Aber das ist ja nur die eine Seite. Die andere besteht in den überraschenden Handlungszusammenhängen, in den Veränderungen der Proportionen und des Raumgefüges, in den phantastischen Mutationen landschaftlicher, architektonischer, tierischer und menschlicher Elemente, in den die Szene häufig bestimmenden atmosphärischen Erscheinungen... All das steht im Gegensatz zu den alltäglichen Erfahrungen in der realen Welt. Und selbst wenn diesen Bildern Märchenhaftes, Mythologisches, Allegorisches oder Historisches zugrunde liegt: Ihre Interpretation erfolgt immer im Verzicht auf jegliche Illustration. Auf der Fläche entstehen vielmehr neue Mythen und Märchen, neue Allegorien und historische Zusammenhänge, die sich in einer erfundenen Wirklichkeit jenseits der Erfahrungswelt abspielen. Hinzu kommt, daß sich die Erscheinungen und das mit ihnen verbundene Geschehen verfremden und oft grotesk vermischen, als seien mehrere Auslöser und Bedeutungsketten am Ergebnis beteiligt. All das versetzt uns in eine autonome Bildwirklichkeit, in der neue Gesetze der Zeit und des Raumes herrschen.

Außerdem spielen, und das ist selbst für den Künstler nicht mehr immer nachvollziehbar, obwohl er sich an erstaunlich viele Details erinnert, mit seiner Biografie zusammenhängende Tatbestände und bestimmte Erlebnisse eine wichtige Rolle. Jedes seiner Bilder ist durch irgendetwas angeregt worden. Aber diese Anlässe bleiben verborgen, sie sind nur manchmal und auch dann nur andeutungsweise erkennbar. Am ehesten können sie als Ängste oder als pessimistische Anwandlungen, seltener als Freude über Entdeckungen oder über die Merkwürdigkeiten der Welt der Dinge und der Begriffe nachempfunden werden. Allem, was man sieht, liegt ein umfassendes Wissen und eine ebensolche Lebenserfahrung zugrunde. Nur von daher ist es Fabius von Gugel möglich, so frei mit den Erscheinungen umzugehen und sie in seiner autonomen Bildwelt agieren zu lassen. Das schließt nicht aus, daß manchmal ganz banale Alltagserlebnisse oder Beobachtungen, die er irgendwo auf seinen Reisen hatte, eine neue Zeichnung angeregt haben. Was dann entstanden ist, läßt jedoch diesen Anlaß kaum oder nicht mehr erkennen – der auslösende Gedanke oder das entsprechende Ereignis und das Resultat sind nicht identisch.

Woran kann es liegen, daß wir dieses Geheimnis nicht lösen können, und daß auch der Künstler selbst keine rechte Erklärung dafür weiß? – Die Antwort berührt die spannungsvollen Unwägbarkeiten des Schaffensprozesses. Bei Fabius von Gugel gibt es kein allmähliches Sich-Herantasten an die Bildfindung. Vielmehr ist ihm die seltene Gabe eigen, daß sich die Bildvorstellung ganz spontan und visionär einstellt, so daß es keiner Vorarbeiten und Studien bedarf. Das macht deutlich, daß seine Zeichnungen und druckgrafischen Blätter – die Gemälde, Bühnenbilder und Entwürfe für Porzellane seien aus der Betrachtung ausgenommen – vornehmlich seine innere Welt darstellen, in welche die äußere Wirklichkeit nur insofern Eingang findet, als sie den wiedererkennbaren Rahmen des rätselhaften Geschehens bildet.

Das erklärt das Nicht-Erklärbare im Schaffen des Fabius von Gugel. Vielleicht ist es begrifflich mit dem Unterschied zwischen dem Sich-Mitteilen und dem Mitteilen zu fassen. In erster Linie teilt er sich selbst mit. Die damit verbundene Mitteilung, und er macht ja sichtbar, um mit Paul Klee zu sprechen, erfolgt nicht linear. Dazu ist zu viel Subjektives im Spiel, das vom Betrachter – in seiner Rätselhaftigkeit nur andeutungsweise – unter Einsatz des ebenso subjektiven Verhaltens nachempfunden werden kann. Der Widerspruch zwischen der sichtbaren grafischen Meisterschaft und der Bedeutung des durch sie Aufgezeigten ist aber letztlich nicht vollkommen zu lösen. Dennoch leben diese Werke auch durch ihre Mitteilung – aber nur dann, wenn der

Seite 6
Das Gleichnis vom Spatzen, nach 1950 (?)
Radierung
Verzeichnis-Nr. 123

Betrachter seine eigene Phantasie ins Spiel bringt und die fast schon verlorene Fähigkeit zum Fabulieren aktiviert. Grundsätzlich setzt das die Bereitschaft voraus, mit dem Unerwarteten in Berührung zu kommen oder – noch besser – mit ihm befreundet zu sein.

Goethe gibt seine Erfahrungen mit der bildenden Kunst wieder: »Den Stoff sieht jedermann vor sich, den Gehalt findet nur der, der etwas dazu zu tun hat, und die Form ist ein Geheimnis den meisten.«[1] Damit meinte er ohne Zweifel die Kunst seiner Zeit, die des ausgehenden 18. und des beginnenden 19. Jahrhunderts, also die Bildwerke, die in der Tat den künstlerisch geformten Gegenstand eindeutig erkennen lassen. – Eben dieses Vorgehen stößt aber bei den Bildern des Fabius von Gugel an Grenzen. Deshalb scheint es angebracht, das Verfahren umzudrehen und nach genauem Hinschauen hier einmal mit der Form zu beginnen, um von dorther vielleicht einen Einstieg in den Gehalt zu finden – durchaus mit der Erwartung, daß dies nie voll gelingen kann. Wir wählen dazu als Beispiel die Federzeichnung »Die Nacht«. Das Blatt gehört zu den »Tageszeiten« (»Der Morgen«, »Der Mittag«, »Der Abend« und »Die Nacht«), die 1952 entstanden sind.

Die Szene wird durch ein merkwürdiges Geschehen beherrscht: Eine in ihren Proportionen überdehnte kniende Figur, halb Mensch, halb urzeitliches Vogelwesen, wendet sich eindringlich gestikulierend einem Kind zu. Es zeigt ihm ein zerfließendes Totengesicht neben einem auf hohem Sockel stehenden Sarkophag, dahinter die Ruinenkulisse zerstörter Gebäude. Der Mond bescheint die Szene, ohne jedoch Schatten zu werfen. Diese kommen vielmehr aus einer anderen Lichtquelle, die sich undefinierbar außerhalb des Bildes befindet und scheinwerferartige Kontraste von Hell und Dunkel bewirkt. Wir bleiben im Unklaren: Zeigt das Schaufenster die Realität, oder zeigt es eine Spiegelung, eine Illusion?

Gegen die gewohnte Sehrichtung wird der Blick in den linken Bildteil geführt. Sprunghaft in eine andere Raumebene gerissen, begegnen wir dort der Fortsetzng der Szene: Panikartig fliehen zwei Menschen aus der zerstörten Welt, in welcher nicht nur die Stadt, sondern auch die Natur untergegangen ist. Ruinen mit leeren Fensterhöhlen streben zum verhangenen Himmel, die Erde ist aufgewühlt, der Tod hat das Leben besiegt. Ein janusköpfiges Denkmal, halb Mensch, halb Tod, hebt sich heraus. Aber der Sockel ist gebrochen, es droht zu stürzen und wie alles andere zu Schutt und Asche zu werden. Ein tödlicher Geruch von Verwesung liegt in der Luft, selbst die Ratten am unteren linken Bildrand sind ihm zum Opfer gefallen. Darauf verweist auch der gasmaskenähnliche Kopf der die Szene beherrschenden Figur, dessen Rüssel in einem Luftfilter endet. Nur das Kind wirkt wie aus einer anderen Welt. Verständnislos-neugierig scheint es den Hinweisen des Fabelwesens zu folgen.

Alles das ist auf der Fläche durch feinste Linien geformt. Dem Betrachter wird kaum bewußt, daß am Anfang ein leeres Blatt Papier auf dem Tisch lag und daß Fabius von Gugel mittels der sperrigen Feder und der Tusche Strich um Strich setzen mußte, um zum Ergebnis zu kommen. Dabei entdeckt man den Reichtum der eingesetzten Technik: Parallele Linien in unterschiedlichen Abständen formen eine Bewegung, mehr oder weniger dichte Schraffuren bewirken Licht und Schatten; geschwärzte Flächen innerhalb der Vordergrundfigur grenzen kontrastreich an weiße Flächen, wodurch das Gespenstische der Erscheinung betont wird; die diagonale Schraffur im Schaufenster bewirkt durch ihre unterschiedliche Dichte den Eindruck einer Spiegelung oder einer Illusion, der dennoch die Eigenschaften des realen Raumes eigen sind; die Materialstruktur der Steine, des Glases, des Metalls und der Stoffe sind durch ihr Liniengefüge klar bezeichnet. Der Strich im Vordergrund ist kräftiger und entschiedener eingesetzt als in der Tiefe des Raumes, wo die Erscheinungen infolge des räumlichen Abstandes stärker zur Fläche drängen. Nichts ist durch den Zufall bestimmt, alles hat seine klare und bewußte Ordnung der Form.

[1] Maximen und Reflexionen, Leipzig 1953, Nr. 339

Der Morgen, 1952
Feder
Verzeichnis-Nr. 65

Noch ein Merkmal, es ist vielen dieser Arbeiten eigen, ist zu nennen. Es ist dies die saugende Raumwirkung, die das Auge in die Tiefe reißt. Zwischen der Vordergrund- und der Hintergrundszene vollzieht sich ein räumlicher Sprung, welcher der perspektivischen Konstruktion widerspricht. Eigentlich scheinen zwei voneinander unabhängige Räume aneinandergebunden. Aber das geschieht durch den Übergang vom Gehsteig zum abgebrochenen Baum so geschickt, daß sich der Betrachter dessen auf den ersten Blick nicht bewußt wird. Dennoch ist auch dies ein Formelement, welches die Gesamtwirkung maßgeblich beeinflußt.

Schließlich – das ist aber keine Formentscheidung, sondern eine der Gegenständlichkeit – ist die Durchdringung der zeitlichen Ebenen zu erwähnen. Das Vordergrundgebäude, die Ruinen, vor allem die Gasmaske rücken zwar das Geschehen in die Gegenwart, in das 20. Jahrhundert. Dem widersprechen jedoch der Verzicht auf andere Elemente der modernen Zivilisation, vor allem aber die Kleidung der Figuren. Hierdurch erhält die Szene einen zeitnahen und zugleich zeitlosen Charakter; Vergangenes, Gegenwärtiges und vielleicht Zukünftiges verbinden sich ebenso untrennbar wie rational Faßbares und irrational Unerklärliches.

»Zum Gehalt findet nur der, der etwas dazu zu tun hat«, sagt Goethe. – Wir wissen nur ungenau, welches persönlich Erlebnis, welche Vision Fabius von Gugel zu dieser Bildfindung angeregt hat und welche möglicherweise sehr konkreten Assoziationen er mit dem Dargestellten

Der Abend, 1952
Feder
Verzeichnis-Nr. 66

2 Die Selbstaussagen gehen auf im September 1998 mit dem Künstler geführte Gespräche zurück.

verbindet. Das kann bis in die Details gehen. So dürfte zum Beispiel der überlange Zeigefinger der gespenstischen Hauptfigur durch Johannes den Täufer aus Grünewalds Isenheimer Altar angeregt worden sein – einem Werk, das er, da während des Krieges nach München ausgelagert, oft betrachten konnte. (Ein anderer Reflex dieser Auseinandersetzung findet sich in der Zeichnung »Der Tod Christi« von 1948). Sicher spielt bei der Bildfindung auch die Erinnerung an seinen früh verstorbenen Vater eine Rolle; und mit dem Kind meint er wohl sich selbst, da er bei einem Begräbnis die aufgebahrten Toten gesehen hat. Bestimmt waren dabei Ängste im Spiel, und er mag bereits damals die Nähe des Todes gespürt haben. »Der Tod schwebt mir täglich vor Augen, schon sehr früh, als ich noch jung war«, sagt er selbst dazu.² »Ich habe in diesen Bildern versucht, mich von meinen komplexen Bedrängnissen zu befreien. Immer, wenn ein solches Bild entstanden ist, habe ich mich wohler und entlasteter gefühlt. Das ist ganz sicher so. Ich habe meine Komplexe und meine Probleme von mir weggezeichnet, weggemalt.«

Das alles sind mit seiner Person verbundene Beweggründe. Sie übertragen sich insofern auf den Betrachter, als auch er die hier geschehene Katastrophe mitempfindet. Das geschieht vermittels des Gegenständlichen, der übergroßen permutierten Hauptfigur als personifiziertem Tod im Gegensatz zum unschuldigen Kind als Symbol des gefährdeten Lebens, der zerfließenden Totenmaske, den Ruinen und dem wohl vergeblich fliehenden Menschenpaar. Es geschieht

Die Nacht, 1952
Feder
Verzeichnis-Nr. 67

aber zugleich durch die Form, das heißt den irreal saugenden Raum, die unterschiedlichen Größenverhältnisse, die starken Licht-Schatten-Kontraste, die Sprünge zwischen der Festigkeit des Vordergrundes und den imaginär-unsicheren Erscheinungen hinter der Glasscheibe – alles hervorgerufen durch den Einsatz unzähliger Linien in aller Vielfalt ihrer Ausdrucksmöglichkeiten. Wir sagten es schon: Fabius von Gugel teilt in erster Linie sich selbst mit, und dabei wird vieles geheimnisvoll und nicht erklärbar bleiben. Dennoch teilt er auch mit. Aber das, was wir sehen, wendet sich an unsere wiederum subjektive Vorstellungskraft. Das Grunderlebnis der Angst vor einem drohenden Untergang dürfte allgemein nachvollziehbar sein. Darüber hinaus gibt es aber unzählige Möglichkeiten von Assoziationen und persönlichen Interpretationen, bei denen selbst Erfahrenes, Gehörtes und Gelesenes, Gedachtes und Geträumtes eine Rolle spielen. Die »Tageszeiten« entstanden ebenso wie die »Trionfi« (1950-1951) in einer der produktivsten Schaffensphasen des Künstlers. Wenig später, gegen Ende des Jahrzehnts, hatte die phantastische Kunst einen großen Publikumszuspruch. Die Blätter wurden durch zahlreiche Reproduktionen populär und auf vielen nationalen und internationalen Ausstellungen gezeigt.

Kunst kommt aus der Kunst. In diesem Sinne steht jeder Künstler auf den Schultern eines Riesen, in welchem die Traditionen der Kunstgeschichte versammelt sind. Aber Fabius von

Gugel hat dazu – wie alle Künstler – ein ausgesprochen selektives Verhältnis. Seine Bildsprache verbindet sich mit den Leistungen des 16. und des 17. Jahrhunderts, wohl auch mit denen des Klassizismus und des Symbolismus im 19. und im frühen 20. Jahrhundert. Er liebt die Renaissance, in welcher die Antike eine neue Belebung erfuhr. Insbesondere aber liebt er den Manierismus – jene Zwischenphase im Übergang zum Barock, in der sich die Merkmale beider Kunstepochen vermischten und in der es zu sinnbildhaften, ja zu phantastischen Bildfindungen kam. Sofern man den Manierismus als »Proto-Surrealismus« versteht, ist auch eine Beziehung zum Surrealismus selbst nicht auszuschließen, zumindest hinsichtlich einiger seiner Ausdrucksweisen.

Dieses selektive Verhalten zur Kunst früherer Zeiten geht bis in die Kindheit zurück. Es wurzelt in Kunsterlebnissen, die er bereits damals bei häufigen Besuchen der Münchener Museen hatte. »Ich habe eine Neigung zum Manierismus«, bekennt Fabius von Gugel. »Davon war ich immer beeindruckt, vor allem von Pontormo und von Rosso Fiorentino.« Ohne Zweifel trifft das auch auf andere italienische Manieristen wie Beccafumi, Bronzino, Parmigianino, Salviati und Orsi zu, ebenso auf Jacques Callot und einige Vertreter der altdeutschen und der altniederländischen Kunst.

Bei der Kunst des 20. Jahrhunderts empfindet Fabius von Gugel eine innere Nähe zur zeichnerischen Präzision von Otto Dix und zur Rätselhaftigkeit von Alfred Kubin. Ausgesprochen kritisch verhält er sich jedoch zu anderen Erscheinungsformen. »Die Moderne ist für mich jene Richtung, die zur totalen Auflösung der Malerei führt. Damit meine ich vor allem die informelle Kunst. Ich arbeite gegen die Moderne. Ich bekenne mich zu den klassischen Prinzipien der Malerei, auch in Bezug auf die Technik, die ich bei Doerner gelernt habe. Das betrifft ebenso die Grafik. Die malerische und grafische Perfektion ist das Anstrebenswerte. Ich möchte bewußt zur klassischen und manieristischen Tradition zurückkehren – die Denkformen der Anti-Kunst mache ich nicht mit.«

Auch wenn sich Fabius von Gugel eindeutig zu seinen Vorbildern bekennt, so ist sein Werk dennoch eigenständig und daher frei von direkten bildnerischen Einflüssen. Seine Kunst zielt nicht darauf, sich am Vergangenen zu messen und sich selbst daran zu beweisen. Sie resultiert vielmehr immer aus einem inneren Anliegen, aus seinen Erfahrungen, Wertvorstellungen und Eingebungen, »aus meiner Sicht auf die Dinge«.

Fabius von Gugel war oft auf Reisen, er hat vieles von der Welt gesehen. Ob in Europa, Afrika oder Asien – überall hatte er neue Erlebnisse und Eindrücke, die sich in seinem Werk wiederfinden. Thematisiert zeigt sich das in der Folge der kolorierten Lithographien »Weltreise« von 1980-1981, aber auch zahlreiche andere Arbeiten sind hierdurch angeregt worden. Selbst wenn die Bildfindung durch ganz Konkretes ausgelöst wurde: Das Ergebnis ist immer durch persönliche Phantasie und eine höchst eigenständige Interpretation getragen, in welcher die Merkwürdigkeiten, Skurrilitäten und Widersprüche dominieren und wo auch Dinge passieren, die als zweite Wirklichkeit hinter dem unmittelbar Gesehenen entdeckt wurden. In dieser Weise bewegt sich Fabius von Gugel frei durch den Raum. Geographisches verschmilzt mit Kosmischem, die irdischen Gesetze der Schwerkraft, der Physik und der Anatomie sind zugunsten ganz anderer Wirkungsmöglichkeiten aufgehoben. Dadurch werden die Bilder zu antithetischen Paraphrasen über die tatsächlichen Gegebenheiten.

Aber es kommt noch ein weiteres hinzu. So frei, wie sich diese Bildwelt im Raum bewegt, so frei bewegt sie sich auch in der Zeit. Das hat nicht nur damit zu tun, daß sich Fabius von Gugel zu den klassischen Werten der Kunst bekennt. Er zitiert selektiv die Vergangenheit von der Antike bis zur ersten Hälfte des 20. Jahrhunderts, aber das geschieht nicht prononciert von Bild zu Bild, sondern unterschiedlich fragmentiert und zu Neuem kombiniert. Hierdurch verschieben sich die Zeiten, die konkrete Zeit geht verloren, Vergangenheit, Gegenwart und Zukunft fließen widerspruchslos ineinander. Der Künstler ist ein »Fremder in seiner Zeit« (Martin Mosebach); seine Bilder werden zum Ausdruck menschlicher Fragen und Probleme, Ängste und Hoffnungen, die es immer gegeben hat, die es jetzt gibt und die es immer geben wird. Alles das geschieht in der Dialektik von Harmonie und Disharmonie, von Übereinstimmung und Widerspruch. Das Streben nach Schönheit und Vollkommenheit wird als unvergängliche Wertvorstellung aufgezeigt, aber auch seine Grenzen werden sichtbar. Alles das ist zeitlos, durch diese Zeitlosigkeit jedoch zugleich aktuell. Es gibt keinen Unterschied zwischen früher und jetzt. Fabius von Gugel führt den Betrachter in eine Scheinwelt, in welcher er sich verunsichert zurechtfinden muß. Diese neue Wirklichkeit hat ohne Zweifel auch etwas mit seiner Tätigkeit als Bühnenbildner zu tun, der er sich zeitweise vornehmlich gewidmet hat. Seine Bilder sind Bühnenräume voller Requisiten und theatralischer Effekte, bei denen oft barocke Elemente dominieren (»Eroberung Roms als barocke Stadt«, 1951, »Trionfi«, 1950-1951, die Blätter zum Film, 1952, und andere). Ganz im Sinne des Manierismus und des Barock inszeniert er seine Illusionen und Visionen. Alles das übt eine starke Faszination aus. Das ist aber nicht nur der jeweiligen Handlung zu verdanken, sondern – vielleicht vor allem – der klaren Form, durch welche das Geschehen eine eigene innere Logik erfährt.

Die Bilder des Fabius von Gugel resultieren zum Teil aus wirklichen Erlebnissen, zum anderen aus Träumen und inneren Vorstellungen, auch aus Literarischem und aus der Begegnung mit Werken der bildenden Kunst und der Architektur. Alles das geht, oftmals visionär kombiniert, ineinander über, und es verbindet sich mit innerpsychischen Problemen. Vielfach gilt sicher, seine Bilder seien »eine Anhäufung von Qualen, von denen ich mich befreie«. Dabei spielt der Tod eine signifikante Rolle; es scheint, als werde das Leben oft aus der Perspektive des Todes betrachtet. Deutlich sichtbar wird das in der lavierten Federzeichnung »Un voyage à Cythère« (1990), wo auf der Liebesinsel nicht wie bei Watteau die Liebe, sondern der Tod herrscht. Direkt thematisiert wird es in mehreren Blättern wie »Tod des Rentners« (1992), »Tod des Geizigen« (1993), »Tod des Unzeitgemäßen« (1994), »Tod des Anachoreten« (1994) und anderen. Mehr oder weniger deutlich zeigen es aber auch die Blätter der »Tageszeiten«, der »Trionfi« und viele weitere.
Alles das hat in der Kunst und in der Litaratur eine uralte Tradition, die sich bis in die Antike zurückverfolgen läßt. Es wurzelt in den Ängsten vor dem Unerklärlichen, und es verursacht Depressionen und Alpträume. Fabius von Gugel wird von ihnen nicht in der Nacht bedrängt, sondern er hat sie als Visionen am Tag. Das sind die Quellen seiner Kunst, durch die er in erster Linie sich selbst mitteilt. Es hat mit der ständig empfundenen Bedrohung durch den Tod zu tun, aber auch mit seinem Bild von den Ungereimtheiten der Welt, mit denen er sich manchmal ironisch, spöttisch oder auch aggressiv auseinendersetzt.

Fabius von Gugel ist vielseitig. Zeichnung und Malerei, Bühnenbild, Porzellangestaltung und Raumausstattungen haben ihn beschäftigt, teilweise tun sie es bis heute. Dazu gehört auch sein literarisches Werk, unter anderem sein Text zum »Aschen Brödel« und seine Gedichte. Dem Leser wird auffallen, daß sich die Sprache der Bilder und die der Worte sehr ähneln und daß sie demselben Prinzip folgen. Besser noch: Das eine wie das andere basiert auf den gleichen inneren Erlebnissen, Vorstellungen und Erfahrungen. Als Beispiel dafür sei das Gedicht »Weihnachten und Medea« zitiert, in welchem seine angstvollen Gefühle und Beobachtungen ebenso deutlich werden wie seine Beziehung zur Geschichte und zu alten Mythen und Legenden. Das autobiographische Element wird durch den Kommentar betont: »Als Kind hatte ich einen illustrierten Band der Sagen des klassischen Altertums zu Weihnachten geschenkt bekommen. Ich las ihn zur Musik einer kleinen Spieluhr, indessen im Garten der Föhn den Schnee von den Ästen fegte.«[3]

WEIHNACHTEN UND MEDEA

Die Scheibe dreht sich langsam
und in den Lüften steht Medée,
die Stirne unerbittlich, und auf den vordern
Stufen des Palastes liegt Jason nackt.
Die Tücher an den Fenstern wehn,
leicht greift der Föhn mit seinen langen Armen
um Säulen, – dann kommt der blaue Ton, der grüne –
Ingwer dem Ohr! Dem Ohre wie der Zunge Lust.
Die Nacht quillt aus des Abends Bräune
und immer dieses Zittern, diese Angst!

Das Lied der Drachenflügel
köstlicher ist es nicht
als Schweiß von deinen Achseln, Jason!
Die Weihnachtsbäume schreiten hin –
drehn sich im Weihnachtstanz
und auf den vordern Stufen des Palastes
liegt Jason nackt – ein Schwert in seiner Brust!
Weit oben in den Ästen schimmert
das goldne Vlies.
Der Spielmann endet und überläßt dem Neid das Wort,
dann stirbt die Zeit! Die Wälder nadeln ringsum.
Die Hausfrau öffnen ihre Fenster alle,
am Abend schließlich flackert der Kamin
und auf dem Speicher, bei den Christbaumkugeln
zerfällt das goldne Vlies!

Es schmilzt der Schnee und Jason stirbt
und in den Lüften steht Medée, die Brandung
der Winde wie ein Kiel durchfurchend –
indes der Mann als Toter nun im Hause ruht,
steht es, das Weib, davor, hoch in den Lüften
und zeigt uns Regen an und Sturm
mit dunkler Stirn für alle Zeiten.[4]

3 Lob der Verzweiflung, achtunddreißig Gedichte von Fabius von Gugel, Wiesbaden 1984, S. 90
4 ebenda, S. 22 f.
5 Fabius von Gugel: Das Zeichnerische Werk, Ausstellungskatalog, München 1980, S. 55

Trotz aller in den Bildern verborgenen Rätsel, Merkwürdigkeiten, Ängste und Todesahnungen: Im Werk des Fabius von Gugel schwingt immer auch ein Stück Optimismus und Lebensfreude mit. Das ist seinen zwar überraschenden und unerwarteten, dennoch zutiefst menschlichen Eingebungen zu verdanken. Vor allem aber zeigt es sich in der meisterhaften Beherrschung der Form. Damit beweist er selbst: »Die Welt hat freundlichere Seiten als meine Seele, sie ist so schrecklich nicht wie meine Phantasie.«[5]

Der Tod Christi (Kreuzigung),
oder Die Überwindung des Todes, 1948
Feder
Verzeichnis-Nr. 47

Das Segel, 1947
Feder, teilweise laviert
Verzeichnis-Nr. 18

Die Gefangenen der Hölle, 1950
Feder, laviert
Verzeichnis-Nr. 49

Die alte Gräfin, 1950
Feder
Verzeichnis-Nr. 50

Zwei Stadien des Wahnsinns, 1951
Feder, laviert
Verzeichnis-Nr. 64

*Die Mutter, um 1936
gebrannter Ton,
Verzeichnis-Nr. 156*

Auffallend sind zunächst Eigenschaften wie künstlerische Vielseitigkeit, Perfektionismus und Wandlungsfähigkeit, kurz das Proteushafte, verbunden mit einem offenen und gespannten Blick für das Leben, das Absurde, das Märchen, die Zauberwelt des Allegorischen, das Theater. Das Mannigfaltige und Mehrdimensionale, vereint mit einer schöpferischen Konstante, bestimmen Fabius von Gugels Werk als Zeichner, Maler, Buchillustrator, Bühnenbildner, Filmausstatter, Porzellanmaler, Radierer und, last but not least, auch als Dichter ganz autobiographischer und gefühlshaft geladener Verse. Sie sind von psychogrammatischer Intensität. Gugel ist ein melancholischer und hintergründiger Poet mit feinnerviger Empfindungsweise und immer wiederkehrenden Reizwörtern wie Kindheit, Landschaft, Trauer, Vergeblichkeit, Freundschaft, Tod.

WOLFGANG SAURÉ
MODERNE VARIATIONEN DES MANIERISMUS
BETRACHTUNGEN ZU LEBEN UND WERK DES FABIUS VON GUGEL

»Allzu vertraut mit der Enzyklopädie unserer Leiden« schreibt dazu Gugels Dichterfreund Cyrus Atabay und benennt damit treffend die weltschmerzliche Eigenart, das exquisite seelische Klima. Bild und Wort stehen dem Maler-Autor, dem präzisen Zeichner und Dichter, durchaus ebenbürtig an Qualität zur Verfügung – wie bei seinem großen, hochverehrten Kunst-Ahn und Musterbild Michelangelo, an den Gugel häufig mit Bildzitaten erinnert. Dann ist auffallend, daß diese verschiedenen Kreationen, verbal, druck- und handgraphisch oder in Öl, immer die ihm ganz eigene und prototypische Handschrift ausweisen: Gugels Stil, seine *maniera,* sein artistisches Konzept, seine Metaphern und Embleme, vielleicht gar sein alchimistisches Geheimrezept. Dazu gehört, daß in den Bildern, aber auch in den Versen eine Ausdruckseinheit von Form und symbolisch-künstlerischem Inhalt vorliegt, eine nicht voneinander zu trennende Ganzheit von Gestalt und Gedanke. Darin besteht die spezifische Aura von Gugels Kunst, ihr kryptischer und esoterischer Charakter auch, wie er sich beispielhaft an den altmeisterlichen Zeichnungen der »Trionfi«-Folge (entstanden 1950/51) ablesen läßt. Sie sind diejenigen seiner Werke, in denen er sich nach eigener Aussage selbst am konzentriertesten mit der Essenz seines bildnerischen Denkens wiederfindet. Es geht darin um Glanz und Elend der Welt. Gugels urtümliche Schrift beherrscht alle differenzierten Abstufungen des Federstrichs mit malerischen Verdichtungen und Aufhellungen bis hin zur plastischen Tiefengestaltung, um die Siegeszeichen des jeweiligen »Triumphs« – etwa der Liebe, der Vögel, des Bürgermeisters, der vollkommenen Witwenschaft, um nur einige zu zitieren – mit erfindungsreichem Bildesprit dem Spott auszuliefern.

Ironie, in vielerlei abgewandelter Gestalt, setzt der Künstler als Waffe seiner Existenzkritik zur Zerstörung von Illusionen, von Dummheit, Krieg und Bosheit ein. Pferde sind für ihn die einzigen Überlebenden der Helden. Er stellt sie friedlich dar, von geschmeidiger Grazie und Schönheit, als Metaphern des Traums vom unbeschädigten Leben. Er versagt ihnen jene romantische Kraft und Wildheit, mit der sie bei Caravaggio, Delacroix oder De Chirico in Erscheinung treten und verleiht ihnen zutrauliche Züge. Hingegen kommt der sogenannte Mensch in Gugels Anthropologie schlecht weg. Er verweist ihn mit seinem grausamen Verhalten in die Welt der Monster und des Bestiariums. Als Maler des Phantastischen setzt er sich seinen eigenen Homo Faber und Retortenmenschen zusammen, entwirft er schrille Visionen einer besonderen Spezies Un-Mensch, satanisch und in verführerischer Verkleidung, ein synthetisches Novum, komponiert aus persönlichen Erfahrungen, besonders während des letzten Krieges, und allerlei Schäbigkeiten im Alltag: der skrupellose und gierige Zeitgenosse, der Maskenmensch. Bloß das Ergebnis einer tagträumerischen Schwarzseherei? Nein, es ist die Hellsichtigkeit des Realisten und Pessimisten Gugel. In seinem Gedicht «Lob der Verzweiflung« klingt das Thema wie eine Klage an:

Wir säumen mit Schicksal ein Wissen,
das in allem der Verzweiflung sich nähert,
seitdem der Frieden seinen Namen
abgelegt hat und nunmehr sich Krieg nennt.
Mit unseren Stirnen läuten wir die Glocken,
die der Gegenbeweis sind
zu allem, was auf tönernen Füßen steht.

Die Verzweiflung! Sie ist Ausdruck der wesentlich unerkennbaren Existenz des Menschen, der sich darin, nach Heidegger, in »Geworfenheit« vorfindet. Die Verzweiflung, von Kierkegaard als »Krankheit zum Tode« bezeichnet (gemeint ist ein Zerbrochen- und Sinnlos-Sein der Welt), stellt das elementare Daseinsgefühl im Leben und Werk des Fabius von Gugel dar. Daher ist es komplex und doppeldeutig zu sehen. Diese Verzweiflung, deren wichtigster Zustand Einsamkeit ist und der als solcher auch individuelle Freiheit und Autonomie bedeuten kann, wird in dieser Auslegung von Gugel mit einem Lob bedacht. In der Auffassung der beiden genannten Philosophen jedoch wird die Verzweiflung mehr unter dem Aspekt des Tragischen, Negativen und Verhängnisvollen gesehen, für den Gugel in der Federzeichnung »Triumph eines toten alten Baumes« (1951) eine geradezu kafkaeske Bildmetapher erfindet. Dargestellt ist ein dicht mit Buschwerk zugewachsener Laubtunnel, an dessen Ende der Blick auf eine hell erleuchtete Öffnung freigegeben wird, in der ein skelettartig verdorrter Baum erscheint. Im Vordergrund liegt eine von Ästen und Blättern zugewachsene, erstarrte Frau. Ihre Augen sind vor Schreck weit aufgerissen. Sie versteht nicht, was mit ihr geschieht. Die Zeichnung ist rational nicht begreifbar. Sie evoziert eine Stimmung der Beängstigung, der Verlassenheit, des Ausgeliefertseins an anonyme Mächte. Das alte manieristische Motiv vom Labyrinth mit dem daidalischen Irrgarten-Mythos von Kreta, in dessen Kernraum das labyrinthisch fixierte Weltgeheimnis verborgen liegen soll, klingt darin an. Gugels wucherndes Laubwerk läßt Assoziationen entstehen an die zauberhaften Garten-Labyrinthe, die im 16. Jahrhundert in ganz Europa Mode wurden, an Irrgärten mit den darin vexierbildhaft angebrachten Schreckgestalten als Metaphern für die paradoxalen Kräfte in der Welt. Diese sind unberechenbar und fern von menschlichen Wertmaßstäben wie etwa Rücksichtnahme oder Moral. In Gugels Darstellung ist diese Kraft offensichtlich der allbeherrschende Tod. Die Annahme, daß es sich dabei um ein Memento-Mori-Bild handeln könnte, wäre irrig, denn der Maler ist Programmen gegenüber eher zurückhaltend. Auch in diesem »Triumph eines toten alten Baumes« ist ein Anti-Triumph-Bild zu sehen. Zudem ist es typisch manieristisch im Ausdruck des Rätselhaften, Morbiden, Paradoxen und Absonderlichen. Das Blatt gilt seit der Teilnahme an einer Ausstellung in der Pariser Galerie Allard als verschollen und ist bei Hofstätter und im Gedichtband »Lob der Verzweiflung« abgebildet.
Fabius von Gugel gehört dem Jahrgang 1910 an und damit historisch und gesellschaftlich gesehen zu jenen Privilegierten, die im Untergang des deutschen Kaiserreiches eine spannungsvolle Kindheit verbracht haben. Es ist wenig bekannt, daß er aus Worms stammt (meistens wird München als Geburtsort angenommen). Mütterlicherseits kommt er aus einer rheinhessischen Familie, die Bittel heißt, in Worms ansässig war und zur Klasse der großbürgerlichen Familien mit großem Haus und Park gehörte, den der Großvater Carl Bittel, ein in den USA reich gewordener Lederfabrikant, nach seinem Tod der Stadt vermacht hat. Dieser Stadtpark trägt noch heute seinen Namen, wie auch vor einigen Jahren eine Straße nach seinem Enkel Fabius benannt worden ist. Familiengeschichtlich mag der Hinweis von Interesse sein, daß Carl Bittel zum Kreis um Carl Schurz gehörte, antipreußisch und demokratisch eingestellt war und daher um 1850 nach Amerika, in die Nähe von New York, auswanderte. Er machte dort die Wormser

*Die Benedikten-
wand, 1939
(Replik, nach 1945)
Öl auf Leinwand
auf Holz
Verzeichnis-Nr. 3*

Lederindustrie heimisch, heiratete eine mit ihrer Familie aus Polen in die USA emigrierte, junge Adlige und kehrte in den 80er Jahren des vorigen Jahrhunderts nach Europa zurück, zunächst nach Paris, wo er in der Nähe des Arc de Triomphe ein Stadtpalais erwarb, in dem seine Tochter, Christine Edwige Bittel, als Französin zur Welt kam. Sie sprach übrigens zeitlebens schlecht Deutsch und erteilte ihrem heranwachsenden Sohn Fabius Unterricht in Französisch. Später siedelte dann die Familie Bittel von Paris nach Worms über.

Aufgewachsen ist Fabius von Gugel in München, wohin die Familie 1912 umzog und das ihm zur heimatlichen Landschaft geworden ist. Die bayrische Hauptstadt, dann später Rom und Paris, wo er sich jeweils mehrfach und auch länger aufgehalten hat, sind als die topographischen Lebens- und Wirkungsstätten in Gugels Biographie herauszustellen. Der Ewigen Stadt mit ihrem kulturellen Erbe aus Spätrenaissance, Manierismus und Barock kommt eine überragende Bedeutung für die evolvierende Ausgestaltung des gesamten Werkes zu. Gugels museale Tendenz – Museen sind meine Akademien, sagt er – entsprach geradezu wahlverwandtschaftlich der mit Traditionen angereicherten Vielschichtigkeit Roms. Dies zeigt sich bildnerisch in Zitaten von der Antike bis zur Renaissance mit Apoll, Charon, Hermes, dem Alchimisten, dem Philologen, dem Theologen, dann in Palästen, Tempeln und Triumphbögen, die als steinerne Artefakte den klassizistischen Stil mitbestimmen. Das Festliche und Theaterhafte von Roms Altertümern in Architektur und Kostümen der Commedia dell'arte zeigen sich in Gugels Menschen. Es sind Figurinen und Marionetten, extravagant in Verkleidung und Maske, langgestreckt, somnambul, bühnenhaft. Er zeichnet Köpfe, die sich, ähnlich Dalís Uhren, wie Pfannkuchen ziehen und biegen. Alles krud Natürliche oder optimistisch Utopische ist Gugels Phantasmagorien fremd. Am Märchen vom »Aschenbrödel« wird das Uneinheitliche, gar Absurde der Existenz aufgezeichnet. Leben und Tod sind austauschbar aufeinander bezogen. Ein in den Spiegel blickendes Mädchen sieht sich als Totenkopf. Schönheit und Grauen gehören zusammen, wie in »Blumen des Bösen« von Baudelaire, Fabius von Gugels Lieblingsdichter.

In München wächst er in einer vermögenden und kultivierten Familienatmosphäre auf. Der Vater, Berufsoffizier im Rang eines Oberstleutnants, stirbt jung, und die Erziehung der beiden Söhne liegt ganz in den Händen der kunstsinnigen Mutter. Früh entstehen Bilder von der Hand des kleinen Fabius, besonders Zeichnungen. Alle in der Familie sind künstlerisch tätig. Die Mutter malt recht gut und gilt als eine begabte Dilettantin. Familienfotos zeigen sie als Dame der Gesellschaft vor ihrer Staffelei. Der ältere Bruder malt auch. Dieser war übrigens später ein beruflich erfolgreicher, zwei Mal zum Doktor promovierter Arzt und Jurist. Er betätigte sich auch politisch und gehörte zum engsten Freundeskreis um Franz Josef Strauß. Zur Familiengeschichte sei auf folgendes hingewiesen. Der volle Name der Familie lautet Gugel von Brandt und Diepoltsdorf. Sie wird im Gotha als »altes Geschlecht des nürnberger Patriciats« genannt, »obwohl es sich früher auf Landgütern, an Herrenhöfen und in holländischen, schwedischen und ostfriesischen Kriegsdiensten aufgehalten« hat. Mit Hannibal Gugel wird das Geschlecht bereits 1100 in Nürnberg erwähnt. Ritter Konrad Gugel (1206) steht auf der Rittertafel, »welche die Wohlthäter des nürnberger Franziscaner-Klosters verzeichnet« (Gotha). Weiter heißt es: »Alexander Gugel war 1466 Gesandter auf dem Reichstag zu Nördlingen, Christoph Gugel (gestorben 1546) war Rath und Kanzler Kaiser Maximilian's I., Karl's V. und Ferdinand's I.« Die Familie wurde 1543 von Karl V. in den Reichsadel erhoben und erhielt den Titel Reichsfreiherren durch Kaiser Joseph I. Ihr Besitz war die Hofmark Diepoltsdorf und Burgstall Brandt. Verwandtschaft besteht zu der bayrischen Adelsfamilie von Perfall. Eine nicht nur lokale Berühmtheit erlangte Karl Freiherr von Perfall (1824-1907). Er war von 1867-93 Intendant des Münchner Hoftheaters und komponierte Opern und Märchenspiele. Sonst waren die Familienmitglieder, nach Gugels eigener Äußerung, meistens Juristen, schon in der frühen Nürnberger Zeit. Phantastisch mutet ein kurioses Bild im Gugelwappen an: »Schildhalter: rechts ein nackter, um die Hüften grün bekränzter, bärtiger wilder Mann; links ein nacktes, ebenso bekränztes Weib, dessen Haupt eine Perlenschnur umzieht und mit einer blauen und goldenen Feder geschmückt ist« (Gotha). Zur Familienchronik ist noch zu erwähnen, daß eine nahe Verwandte Gugels, Luise Gräfin von Schwerin (1849-1906), mit Rainer Maria Rilke im Briefwechsel stand. Ihrer Tochter, Baronin Üxküll, widmete der Dichter seinen »Cornet«.
Gewiß liegt eine unterschwellige Verbindung zwischen Gugels aristokratischer Herkunft, seinem künstlerischen Perfektionsanspruch und elitären Individualismus vor. Diese drei Eigenschaften machen seine unverwechselbare Persönlichkeit mit ihrem Hang zum Autistischen und Introvertierten aus. Auch die Tendenz in seiner Kunst zur Artifizialität und das Prinzip, den Erlebnisdrang nicht auf die Natur zu richten, sondern in der *idea*, in eigenen, inneren Wahrnehmungsbildern zu suchen, sei als charakteristisch für Gugel benannt. Es mag in diesem Zusammenhang an ein Wort Leonardos erinnert sein, daß ein Künstler die Erfüllung nur in seiner eigenen Vorstellungskraft finden kann. Das trifft voll für Gugel zu. So hat ihn das Trennende zwischen eigener Phantasie und äußerer Wirklichkeit, aber auch das Verbindende, Zusammengehörende, vielleicht gar miteinander Verschmelzende der beiden Bereiche schon früh beschäftigt. Die ersten, autodidaktischen Versuche des jungen Gugel weisen einen romantisch gefärbten Verismus aus, manches in der Art der »Neuen Sachlichkeit«, mit Betonung der klassisch-realistischen Linie. Es ist schon etwas durchaus Eigenes zu spüren. Mit der kunstsinnigen Mutter besucht er die Museen der Stadt und bewundert dort Werke von Corot, Lorrain und Böcklin. München war vor dem Ersten Weltkrieg nach Paris ein Ort der Avantgarde und stark auf Frankreich ausgerichtet, auf Van Gogh und den Spätimpressionismus. 1907 hatte in der Galerie Thannhauser eine Toulouse-Lautrec-Ausstellung stattgefunden. Völlig neue Anregungen kamen aus der von Kandinsky gegründeten Münchner »Neuen Künstlervereinigung« mit Marc, Macke, Klee, Jawlensky, Münter, Werefkin. Die Gruppe kam am 18. Dezember 1911 wieder in den Räumen

Der Abend, ca. 1936
Öl auf Leinwand
Verzeichnis-Nr. 2

der Galerie Thannhauser zu der denkwürdigen Manifestation »Der Blaue Reiter« zusammen, zu der aus Frankreich Rousseau und Delaunay geladen waren. Der Komponist Arnold Schönberg trug einige bildnerische Arbeiten bei. Dieses umstürzlerische Brodeln im Künstlerischen ereignete sich damals, »als München leuchtete«, wie sich mit Werner Ross und seinem neuen Buch sagen läßt, das den französisch apostrophierten Titel »Bohemiens und Belle-Epoque« trägt. Die Isar-Metropole wurde vom Weltgeist angerührt, und die schöngeistige Bourgeoisie erfuhr davon wenigstens aus den Zeitungen. So auch die Gugels, deren Einstellung zur Kunst sehr aufgeschlossen, doch kaum progressiv war.

Werner Ross setzt das Münchner Bürgertum von der Eigenart der Münchner Bohème ab. Diese sei eine »Lebensform gewesen, die lehrte, wie man mit wenig Geld doch Spaß haben konnte« und stellt das Liebenswerte dieser Belle-Epoque heraus: »Die Kunststadt war schon alt, fast so alt wie München selbst. Dieser Charakter wuchs der Residenzstadt von selber zu, denn ein regierender Fürst konnte nicht umhin zu repräsentieren: den Staat, den er vertrat, in Bauwerken und Kunstschätzen darzustellen. Auf dieser stattlichen Residenz pflanzte Ludwig I. seinen Traum. Die Hauptstadt als Meisterwerk der Komposition, die durchgeplante Straßenführung, die Einheitlichkeit der Gestaltung: seine Ludwigstraße, seine Pinakothek, seine Universität, seine Propyläen, seine Staatsbibliothek, seine Glyptothek.« Der König war durchdrungen vom philosophischen Geist des deutschen Idealismus, dem Bildungsideal Humboldts, der Klassik Goethes und hatte sich oft in Rom im Kreis dort lebender deutscher Künstler aufgehalten. Italien, das war auch für Ludwig I. das Land der Sehnsucht. Er ging über das Gedankengut der

Aktäon, um 1935-37
Öl auf Leinwand
Verzeichnis-Nr. 1

Renaissance zurück zu dessen Ursprüngen, zum Griechentum. Ross fährt fort: »Er träumte von der deutsch-griechischen Symbiose, altes Griechenland und neues Bayern, die süddeutschen Barbaren würden sich schon hellenisieren lassen. Daher erstaunt es nicht, daß die befreiten Griechen sich ihren ersten König aus Bayern holen. Ludwig war der große Kunstsammler, aber er sorgte sich auch für den Nachwuchs, für die Akademie der schönen Künste. Im bayrischen Maßstab war er in seinen vielfältigen und glänzenden Einfällen wirklich so etwas wie ein neuer Ludwig XIV.«

Unendlich oft und unendlich lange war über den Neubau der Akademie der schönen Künste diskutiert worden, über Größe, Stil und Standort, bis 1883 die Einweihung des neuen, palastartigen Gebäudes an der Ludwigstraße und der Grenze zu Schwabing stattfand. Der breitgelagerte Prunkbau wirkte monarchisch und sein Stil trug die zeremoniöse Bezeichnung »Deutsche Renaissance« oder »Neorenaissance«. Doch der junge Fabius von Gugel, in autodidaktischer Klausur zum Hoffnungen erweckenden Zeichner und Maler herangereift, weigerte sich nach einigen wiederholten Besuchen der Kurse, an der Anstalt zu studieren, da er dort nichts lernen könne, wie er kategorisch seiner Mutter erklärte. Bildnerische Ideen hatte er selbst genug, nur fehlte es noch an dem technischen Schliff, und den wollte er sich selber mit letzter Vollkommenheit aneignen. Dazu schien ihm das Institut von Professor Max Doerner am geeignetsten, das übrigens auch später Gugels zeitweise Verlobte, die Malerin Bele Bachem, besuchte. In Rom, wo er sich 1926, damals sechzehnjährig, aufhielt, belegte er an der dortigen Akademie einen Kurs für Aktzeichnen, in dem er seinen Sinn für das Lineare und eine klassische Formgebung schärfte. Vielleicht lernte Gugel in dieser Zeit auch Leonardos »Traktat von der Malerei« kennen, in dem dieser empfiehlt, das Schöne mit dem Häßlichen zu konfrontieren, da solcherart beide einander wechselseitig zu steigern vermögen. Bei allem klassischen Ausdrucksgehalt von Gugels Bildanlage zeigen bereits die wenigen erhalten gebliebenen, aus den Bombenangriffen auf München geretteten Zeichnungen der frühen Jahre eine gesteigerte Neigung zu pikanten Kontrasten und Groteskbildungen, wobei der klassische Ausdrucksgehalt betont bleibt. Gugels Interesse gilt ausgefallenen Themen. Er entnimmt sie der Bibel oder Mythologie, so den Voyeurismus von »Susanne im Bade« (1937), den Brudermord »Kain und Abel« oder die Panik bei »Kains Flucht« (1939). Die Ausweglosigkeit des Unbehausten und Exilierten stellt er auf »Der Winter mit Ahasver« (1937) dar. Er zeichnet, vielleicht in einer Art Selbstprojektion, den ruhelos umherirrenden Ewigen Juden – sicher auch eine Parallele zum *peintre maudit* – vor der Kulisse des verschneiten, heimatlichen München mit den Wahrzeichen des leicht konkav gekrümmten Maximilianeums und der Isarbrücke. Das frostige Bildklima von Einsamkeit, von Verlorenheit, gar von Nichtigkeit der Kreatur, wird noch verstärkt durch eine perspektivische Verzerrung, die im Wechsel von leichter Verkürzung des Vordergrundes und Überdehnung des Hintergrundes entsteht, eine öfter bei Gugel anzutreffende Ausdruckssteigerung. Auch auf der lavierten Federzeichnung »Küstenlandschaft« von 1935, die mit ihren nackten, herkulischen Gestalten von Böcklins Mythologie angeregt ist, weicht die Linienführung von der üblichen klassischen Geradlinigkeit ab. Der graphische Duktus ist vibrierend, unruhig, mitunter schlängelnd, ab- und wieder neu ansetzend, er umkreist und verstärkt die körperlichen Volumina, schafft deren sinnliches Aufblühen und ist offensichtlich von barocken Zeichnungen angeregt. In den idyllischen landschaftlichen Grundformen dieser heidnischen Küstenvedute mit den dunklen, wehenden Verzweigungen der Bäume ist der römische Einfluß Claude Lorrains zu spüren.

Diese handgraphischen Blätter aus Gugels Anfängen werden von alttestamentarischen und antikarkadischen Szenerien beherrscht. Ihr sanft in Stufen und Schichtungen angelegter Aufbau mit den ausgeglichen gegeneinander abgesetzten Einzelteilen der Naturschilderung ist stark den idealistischen Veduten Poussins und anderer Meister der römischen und florentinischen Schulen nachempfunden. Gugel geht es in diesen Blättern um Landschaften der Seele, um Emanationen seiner Sensibilität, und er läßt dabei mit lockerer Hand, wie in einer automatischen Schreibweise, zart aufgetragene Strichelungen und lineare Punktierungen aus seiner Feder fließen. Ovids zeitlose Verzauberung legt sich still über das dargestellte Land. Dramatische Wolkenballungen hingegen bringen das Element des Gefährlichen und Bedrohenden, verlieren sich aber allmählich im Hintergrund einer räumlich unbestimmten Ferne, im Nichts. In einem umgeknickten und ausgetrockneten Baum verdeutlicht der Maler jenen stoischen Gedanken, der auch als Sinn in einer abgebrochenen Säule wahrzunehmen ist, das Vermögen, bereits im Gegenwärtigen das Vergangene zu sehen. Es ist eines jener Todessymbole, denen der Betrachter von Gugels Bildern mit ihrem philosophisch reflektierten Gehalt häufig begegnet. Zu diesen »Italienischen Landschaften« ließ er sich von der hügeligen, mit Trachytkuppeln durchsetzten Gegend nördlich von Rom anregen, der römischen Toskana des Kirchenstaates, einem der ältesten Siedlungsgebiete der Etrusker, das von einem herben Reiz und kaum berührt von der modernen Zivilisation geblieben ist.

Zeitlebens ist Gugel ein Reisender. Seine Biographie läßt sich nach Werkgruppen, aber auch nach Stationen einteilen. Nach dem Schulabschluß auf dem Benediktiner-Gymnasium Sankt Stefano in Augsburg Ende der zwanziger Jahre ist er ein Unruhiger, ein Suchender, ein romantischer Wanderer. Und das jahrzehntelang, mit plötzlichen und spontanen Aufbrüchen von München aus, wo er bei seiner Mutter wohnt, immer wieder mit dem Ziel Italien, dann Frankreich, Spanien, Nordafrika, Indien. Es sind Länder seiner Inspiration, von denen er Mappen voll

Del Gado, Aqua Quaioula bei Valsiarosa, ca. 1943, Tusche Verzeichnis-Nr. 112

mit Zeichnungen und Aquarellen heim nach München bringt. 1935 begibt sich der fünfundzwanzigjährige Junggeselle für vier Jahre nach Paris, wo er bis zum Ausbruch des Krieges im Herbst 1939 bleibt, angelockt von dem liberalen Geist dieser Stadt und ihrem internationalen Ruf als Metropole der Kunst. Der Kubismus beherrscht dort den Markt, der Surrealismus findet ein Forum in der Galerie Loeb und die ungegenständlichen Künstler vereinigen sich zur Gruppe »Abstraction – Création«. In den Cafés am Montparnasse versammeln sich einige *peintres maudits* wie Soutine, Pascin oder Kisling. Wie so mancher junge Künstler, so wird auch Gugel von einem unbestimmten, inneren Wunsch an die Seine getrieben, wobei viel intellektuelle Neugier im Spiel ist, um auf weltstädtischer Ebene die verschiedenen Spielarten der neuen Kunst kennenzulernen. Zwar knüpft er Beziehungen zu Galerien an, lernt dabei Picasso und Max Ernst kennen, verkehrt mit Intellektuellen, zu denen der Schriftsteller Edouard Roditi gehört, der wiederum mit surrealistischen Malern und Dichtern befreundet ist, in deren Kreis er vordringt, doch lebt der ephebenhaft aussehende Gugel überwiegend abgesondert vom Kunstbetrieb und widmet sich intensiv seiner Malerei. Was will er eigentlich in dieser lebensvollen Stadt mit ihren künstlerischen Umbrüchen, Experimenten und spektakulären Manifestationen? Sich selbst kennenlernen, und er spürt, daß mehr als jede andere Epoche der Manierismus mit seinem Zug ins Irreal-Phantastische und Sinnbildhafte das ihm gemäße Ausdrucksgebiet ist. Er entwickelt eine Art kritisches Mißtrauen gegenüber der avantgardistischen Kunst und ein feines Nachempfinden für die Bilder alter Meister, die er im Louvre bewundert. Diese Lehr- und Wanderjahre an der Seine finden mit dem Kriegsbeginn ein jähes Ende. Trotz einer dort geplanten Ausstellung fährt Gugel nach München zurück und wird zum Wehrdienst eingezogen, den er in Rom bei einer Nachrichtenabteilung der Deutschen Botschaft ableistet. Dennoch bleibt ihm genug Zeit zum Malen. Das Kriegsende erlebt er in Italien unter abenteuerlichen und gefährlichen Umständen. Dorthin möchte er auch als Zivilist so schnell wie möglich zurück, was er schon 1947 ermöglichen kann. Rückblickend auf die Schrecken des Dritten Reiches meint Gugel, daß es ihn immer gewundert habe, wie die Deutschen einen Hitler überhaupt wählen und ertragen konnten. Für ihn stellt diese Zeit einen Alptraum dar, und seine Malerei wird zum Medium der Befreiung. Zum Beispiel: Um aus seinem Gedächtnis ein grauenvolles Ereignis zu verdrängen, dessen Zeuge er um 1944 in Bologna war, zeichnet er für einen Zyklus von »Tageszeiten« als Darstellung des »Mittags« den »Kampf der Buckligen gegen die Speckhüftigen« (1952). Er erinnert sich dabei an eine Aktion der Faschisten gegen die Partisanen. Am hellichten Tag, in der kurzen Zeit zwischen zwei Luftangriffen, wird einem Antifaschisten der Schädel eingeschlagen, und eine Weiberstimme, die nie mehr aus Gugels Ohr zu bringen ist, keift anspornend dazu: »Schlagt ihn tot, das Schwein!« Das hätte ja auch ihm gelten können. In Schrägperspektive zeichnet er einen Bologneser Arkadengang, in dem, wie auf einer Bühne, die kostümierten Figuren die mörderische Tat an ihrem Opfer begehen. Kann er solche Erinnerungen durch seine Kunst wirklich entgiften? Zum Versuch dazu setzt er immer wieder an. Die Belastungen seines Gedächtnisvermögens reichen zurück bis in die frühen Kinderjahre. In der Aussegnungshalle eines Münchner Friedhofs fand er sich, vom Kindermädchen allein gelassen und vergessen, angesichts der in Reihen aufgebahrten Leichen seinem toten Vater gegenüber, dem panischen Entsetzen ausgeliefert und traumatisiert für viele Jahre. In der Federzeichnung »Die Nacht« setzt er diese nie vergessene Stunde des Grauens um. Er zeigt das Kind vor der spiegelnden Vitrine des Bestattungsgeschäftes, in dem Sarg und Totenmaske ausgestellt sind. Das Kind sieht sich im spiegelnden Glas als Totenbild.

Unter den erschütternden Eindrücken des Krieges geht Gugel nach 1945 in seiner metaphorischen Kunst dezidiert gegen das Gefährliche von Lebenslügen an. Dazu bedient er sich einer klaren Umrißlinie und einer plastischen Strukturierung der Dinge. Der gemäßigte Farbauftrag läßt das feine koloristische Gespür des späteren Porzellanmalers erahnen. Beim forschenden Weiterarbeiten an seiner persönlichen Handschrift eilt ihm der Zufall zu Hilfe. Er bekommt einen Emblemstich des 17. Jahrhunderts mit einer allegorischen Darstellung der Malerei zu Gesicht, die ihn tief beeindruckt und seinen Stil von da an entscheidend prägt. Der Inhalt dieser Radierung besagt, daß die Malerei durch die Inspiration das *meraviglioso* und den Zauber des *miracoloso* darstellt. Dabei erhält die Schönheit der Form, die sich in der lyrischen Sinnfigur als der prägnantesten Verschmelzung von Begriff und Bild zeigt, einen erstrangigen Wert. In diesem Zusammenhang sei an die mystisch-pneumatologische Schönheitslehre des Florentiner Neuplatonismus erinnert, die im Manierismus als Kunstmetaphysik wieder aufersteht. In dieser Auffassung vermittelt Malerei die Empfindung, daß die sichtbare Welt nur ein Gleichnis ist für unsichtbare, »spirituelle« Inhalte.

Dem manieristischen Königreich des Geistes und der Phantasie, des ordnenden Denkens und des sprühenden Imaginierens, nähert sich Gugel zunächst vorwiegend mit der Zeichnung auf weißem Papier, in Bleistift oder Feder, mit Licht-Schattenwirkungen und Lavierungen. Der klassische Kanon in Technik, Form und humanistischem Ausdruck wird für ihn wegweisend, wobei er sich an großen kunstgeschichtlichen Vorbildern wie Dürer, Callot, Hogarth, Piranesi oder Ingres orientiert. Er weiß, daß er damit in eine berufliche Isolation gerät, denn der damalige Münchner Kunstmarkt war vom deutschen Expressionismus und der abstrakten Kunst beherrscht. Entsprechend dem Rang seines Schaffens fühlt er sich ungerecht und schlecht behandelt. Gustav René Hocke, der ihm in Rom freundschaftlich verbunden war, beschreibt seinen artistischen Leidensweg: »Dazu muß man sagen, daß Gugel durch sehr schmerzliche Trauerfälle, Krankheiten, politischen Abscheu vor den brutalen Selbstgerechten, durch Härten des heutigen Kulturmanagements sehr gelitten hat. Doch hat er den Hoffnungspol im Spannungsfeld zwischen Verzweiflung und Zuversicht nie aus den Augen verloren ... wie ein Ritter der Romantik!«

Die vier Jahreszeiten, 1950, Feder Verzeichnis-Nr. 56

In dieser seelischen Verfassung setzt er sich nach Rom ab, in die Barockstadt Berninis, Borrominis und Pietro da Cortonas, die für ihn ein Ort der Befreiung, der Selbstentdeckung und breiten schöpferischen Tätigkeit wird. Ein Neuanfang auch in seiner Sicht der Kunst, wie damals in Paris. Im Stadtteil der Spätrenaissance besitzt er eine kleine Zauberwohnung, die vollgestopft ist mit manieristischen und barocken Seltsamkeiten, Fundstücken vom römischen Flohmarkt. Gugel bleibt in Rom volle neun Jahre, von 1947 bis 1956. Er gehört dort zum engen Freundeskreis um die phantastischen Maler Fabrizio Clerici und Leonor Fini, lebt abseits der Avantgarde-Malerei von »Novecento« oder »Corrente«, zu denen die Futuristen und Abstrakten gehören, und sticht 1951 für die Collezione dell'Obelisco eine »Die Erbauung Roms als barocke Stadt« betitelte Vedute, die sehr viele Käufer unter den Rom-Besuchern findet. Gugel stellt darauf nicht nur die wichtigsten Bauwerke in der Art Piranesis dar, sondern belebt die Architekturen zugleich mit der emsigen Aktivität auf den verschiedenen Baustellen, mit Arbeitern etwa, die Reliefs an der Trajansäule anbringen, oder Bernini, der den Triton anweist, wie er sich auf den Brunnen zu setzen hat, und mit barock kostümierten Figuren, die das Tiber-Ufer zusätzlich noch bevölkern. Das Blatt ist geprägt von Gugels wahlverwandtschaftlicher Verbundenheit mit Bernini, dem Erbauer des barocken Rom, darunter der »Fontana dei Quattro Fiumi« (1648) mit dem ägyptischen Obelisken. Kaleidoskopartig werden Elemente davon auf der Radierung in den Bereich des Phantastischen gerückt. Dann ist Rom auch die Stadt des Manierismus, der bildnerischen Eleganz und nichtfunktionalen Verfeinerung, des *artifizioso,* die Urbs, in der dieser *maniera*-durchtränkte Stil 1520 begann. Werfen wir kurz einen Blick zurück auf seine Entwicklung und Eigenart.

Der Manierismus breitete sich von Rom schnell aus, wie eine Mode. Perino del Vaga brachte ihn 1522-23 nach Florenz, Giulio Romano 1524 nach Mantua und Polidoro 1527 nach Neapel. 1524 stieß der Florentiner Rosso zu der Gruppe. Er arbeitete dann in Mittelitalien, zeitweilig auch in Venedig und exportierte den Stil schließlich im Jahre 1530 sehr wirkungsvoll nach Fontainebleau. Dorthin folgte ihm zu Beginn der dreißiger Jahre des 16. Jahrhunderts Primaticcio, der aus dem neuen Zentrum Mantua kam. Parmigianino, der sich 1524 der römischen Gruppe anschloß, kehrte 1527 in die Emilia zurück.

Der Manierismus war im wesentlichen ein italienischer Stil, und wo er außerhalb Italiens in Erscheinung trat, handelte es sich um eine Übernahme italienischer Normen. Der Kunsthistoriograph Giorgio Vasari (1511-1574), selbst Manierist, meinte, daß zur Vollkommenheit in der Malerei besonders zwei Dinge wichtig seien: Erfindungsreichtum und technische Virtuosität. Raffael, doch besonders Michelangelo, bedienten sich als erste der *maniera*, der Verfeinerung, Vergeistigung und Künstlichkeit dieser neuen Ausdrucksweise. Die Formel der *figura serpentinata,* eine Erfindung Michelangelos, besitzt als elastisches, aufstrebendes Formgebilde erst dann eine vollendete Schönheit, wenn es den Bewegungsreichtum einer Flamme verkörpert. Dieses Bildmuster nahmen sich die Manieristen zur Vorlage, auch Gugel, dessen Werk voll ist von schlängelnden, wirbelnden, sich in den Raum hineindrehenden Formen. Der aus langen Röhren zusammengesetzte Hirsch auf »Die Jagd ist älter als das Wild«, das anormale Wuchern des Geweihs und die langgezogenen Hälse der beistehenden Tiere, das alles ist typisch manieristisches Formengut. Gugels Ausstattung von Hans Werner Henzes Oper »König Hirsch« (1959) weist in ihrer eleganten Auswahl sonderbarer Dinge nach Fontainebleau, in den magischen Bezirk der Jagdgöttin Diana. Zusammenfassend sei festgehalten, daß variierende Fülle der Gestaltung, reiche Bildideen, dynamische Bewegung, verbunden mit technisch vollendet durchgestalteter Form die manieristische Ästhetik ausmachen. In Rom steigert sich Gugel ganz in die Feen- und Phantasiewelt des Manierismus hinein, seines ihm eigenen Manierismus. Die änigmatische und wie ein Juwel kunstvoll geschliffene Federzeichnung »Die vier Jahreszeiten« (1950) bedeutet einen Höhepunkt in seinem gesamten Schaffen und steht wieder unter dem Einfluß Piranesis und der barocken Architektur. Mit den verwitterten, zerbröckelnden Obelisken als Allegorien der Zeitabschnitte vermittelt das Bild den Eindruck einer *danza macabra*. Eine Wirrnis aus heterogensten Materialien wie Schuhe in Libellenform oder als Barockplastik gestaltet, dann Ketten, Stricke, Schlingwurzeln, Pflanzen, Äste, Posaunen, – das alles fügt sich zu einer filigran aufgebauten Ordnung in phantastischer und entrückter Festlichkeit. Das Thema dieser »Vier Jahreszeiten« ist die Zeit, ihr langsames, unheimliches Vergehen. Gugel verdeutlicht das Motiv an der Ruine, dem Zustand des Ruinenhaften als Metapher des Niedergangs und des dennoch immer weiterwirkenden Zwischenzustands von Leben und Tod. Eine der Säulen – sie verkörpert den Winter – trägt am oberen Ende einen aus Ästen gefügten Totenkopf, der sich vexierbildhaft in eine Maske der Commedia dell'arte verwandelt.

Der Tod durchzieht thematisch nicht nur Gugels Œuvre, auch seine Tagträume, Gedanken und Erlebnisse sind davon geprägt, wie Marie Luise Kaschnitz in einer Episode ihres Buches »Engelsbrücke« zu verstehen gibt. Das Kapitel nennt sie »Toteninsel Palatin«; gemeint sind Gugels heimatliche Gegend und seine Wohnung in Rom, wo die Dichterin gemeinsam mit einem Freund und dem Gastgeber einen Abend verbringt. Im Mittelpunkt der Gespräche stehen der Tod und Arten des Selbstmords. Sie schreibt: »Fabius Gugel, der auf einem schweren, großen Fahrrad, also auf eine völlig vorsintflutliche Weise, die Stadt Rom zu durchstreifen pflegt, erzählte von einem Gift, das so schnell wirke, daß ein Mann vom Rad fallen und sterben könne, ehe man noch Zeit finde, ihn in den Schatten zu tragen. Wir sprachen alle auf der Spitze der Zunge, mit großer Leichtfertigkeit, leicht fertig mit dem Leben, und doch gerade in diesem Augenblick von

*Bildtafeln zum Thema
»Die vier Jahreszeiten«
für einen Aufzug im
Palazzo Cicogna,
Venedig, um 1950*

ihm als von einer Ungeheuerlichkeit berührt.« Auch gegenüber den tiefenpsychologischen Bereichen von Alpträumen und manischen Konflikten zeigt Gugel sich als intuitiver, nachspürender Zeichner aufgeschlossen, wie bei den monsterartigen, an Callots bildnerische Aggressionen erinnernden Federzeichnungen »Die Gefangenen der Hölle« (1950) und »Zwei Stadien des Wahnsinns« (1951) abzulesen ist. Mit altmeisterlicher Akribie zeichnet Gugel die Schmerzensszene »Der Tod Christi« (1948), in der er grausame Wirklichkeitsnähe im Sinne von Caravaggios Naturalismus mit seelisch gesteigerter Innigkeit in der Art Grünewalds verbindet. Das Entstellte und im Sterben Verformte des Gekreuzigten wie die bis zum hysterischen Schrei und gestuell Äußersten gesteigerten Leidenszustände der in die Szene einbezogenen Trauernden verleihen dem Blatt eine suggestive Ausdruckskraft. Einen anderen Aspekt des Religiösen geben die »Kosmischen Zeichnungen« (1950) wieder, mythologische, verschlüsselte Hymnen an das Leben, inspiriert vom Gedankengut des Renaissance-Humanismus, angereichert auch mit astrologischen und alchimistischen Geheimzeichen. Kosmogonisch und pantheistisch vermittelt »Trennung von Licht und Finsternis« (1950) in seiner starken Hell-Dunkel-Akzentuierung ein barockes Bildklima vom Weltanfang, ein weites, kosmisches Gefühl. Im Hintergrund, vor dem numinos aufleuchtenden Strahlenkranz, schwebt eine sakrale Gestalt – der Weltgeist, der Erlöser, das Tao, der Herrscher über Licht und Finsternis, Symbol des Pantheismus. Das Blatt ist auch der Ausdruck für Blaise Pascals metaphysisches Erstaunen über den langen, ununterbrochenen Atemzug, der das All durchdringt, *le silence éternel*. Der räumliche Illusionismus dieser Federzeichnung steht unter dem Einfluß der neapolitanischen Barockmalerei, besonders von Salvator Rosa (1615-1673), einem Schüler von Ribera und Falcone, der wegen seines dunkel-romantischen Verismus den Beinamen »Géricault des 17. Jahrhunderts« erhielt. Gugel schätzt sehr Rosas einfallsreiche, tiefpessimistische und phantastische Bilderwelt, in der häufig ein Skelett zu sehen ist, ein Sinnbild für die Fragilität und Vergänglichkeit des Menschen. Rosa galt in Rom als Atheist, Bohemien und *peintre maudit*. Dennoch überhäufte ihn Kardinal Chigi, der Bruder des Papstes, mit Aufträgen.

Wie Salvator Rosa, so gehen auch Fabius von Gugel und sein Malerfreund Fabrizio Clerici in Rom von Grundfigurationen der Welt aus, die Anlaß zu immer neuen Kombinationen geben. Dazu gehören bestimmte mythische, legendäre oder religiöse Vorstellungen von der Welt. Bei Gugel betreffen sie besonders den Tod, seine »Todeslandschaften« oder die »Friedhofslandschaften am Meer«, dann die seriellen »Konstruktionen« und »Capricci«, die im Sinne der Psychoanalyse aus dem Unbewußten aufsteigende Assoziationen enthalten. So ist seine Federzeichnung »Der Steinmann« von 1946, die eine aus Steinbrocken zusammengesetzte Gestalt zeigt und später einer Zeichnung zum »Aschen-Brödel« hinzugefügt wird, als eine Metapher zu Freuds Begriff von der Kastration zu verstehen. Und es verwundert auch nicht, daß Dalí bei seinen paranoidkritischen Forschungen in einer Kunstzeitschrift auf diesen atomaren »Steinmann« Gugels stieß und ihn plagiierte, zuerst 1947 in einer Zeichnung, dann 1968 bei deren Veröffentlichung. Schon im 16. Jahrhundert hat man nicht nur Figuren aus Kästchen und Kugeln zusammengefügt, sondern auch Gliederpuppen entworfen, wie sie Fabius von Gugel in Luft verpuffen läßt – ein bildnerischer Spaß für ihn, um zu zeigen, daß es mit der Selbstherrlichkeit der Menschen wenig auf sich hat, wie auch bei seinem Motiv der »Trionfi« oder als Satire und Angsttraum im »Aschen-Brödel« vorgeführt wird. Dabei ist viel philosophisches Erstaunen im Spiel, nicht zuletzt über die unbeirrbare Eigengesetzlichkeit des Seins, für die Gugel in seiner Kunst solide Ausgangspunkte findet. Zu dieser Verwunderung schreibt Paul Valéry in seinem Traktat über die Methode Leonardos, die auch für Gugels wie Clericis Denkweise zutrifft: »Das Erstaunen entsteht nicht durch die Dinge, die da sind; es ergibt sich daraus, daß sie so und nicht anders sind. Die Gestalt dieser Welt bildet den Teil einer Familie von Gestalten, von denen wir – ohne es zu wissen – alle Elemente unendlicher Gruppen besitzen. Das gehört zum Geheimnis der Erfinder.«

Trennung von Licht und Finsternis, 1950
Feder, teilweise geschwärzt
Verzeichnis-Nr. 51

Clerici ist wie Gugel eine proteushafte Erfindernatur, Zeichner, Buchillustrator und Bühnenausstatter bedeutender Tanzschöpfungen nach der Musik von Strawinsky und Monteverdi. Ein Maler-Philosoph mit theatralischen Elementen, von Meditationsikonen über Einsamkeit, Vergänglichkeit und Tod, dargestellt mit zeichnerischer Strenge und hellsichtiger *tristezza*. Beide dekorieren zusammen in der Lagunenstadt den Palazzo Cicogna mit glanzvoll-venezianischer Grazie und rokokohafter Festlichkeit. Gugel stattet 1950 für das Opernhaus in Rom Felice Lattuadas »Les précieuses ridicules«, eine *commedia lirica* nach Molières gleichnamiger Komödie von 1659, mit Kulissen von barockem Formenschwung und versailleähnlichem Prunk, mit feenhaften Kostümen und kostbar wirkenden Stoffen aus. Sein originelles Talent als Theaterdekorateur wird bekannt. Aufträge folgen in Salzburg, München, Berlin, Frankfurt, Darmstadt. Insgesamt etwa siebzig Bühnenstücke, darunter neben Balletten auch Opern und moderne Schauspiele werden von ihm ausgestattet. Dabei arbeitet er mit Regisseuren wie Harro Dicks, Heinz von Cramer, Axel von Ambesser oder Fritz Kortner zusammen. Als Bühnengestalter bevorzugt Gugel das zentralperspektivische System, das ihm in der Raumtiefe die Entfaltung seiner verwandlungsreichen Phantasie ermöglicht, ein Grund auch, daß er als Szenen- und Kostümbildner auf Grund der Kultivierung der Tradition, ihrer Harmonie und Formschönheit, sehr gesucht ist. Durch Clerici öffnet sich ihm die römische Filmbranche. Er fertigt Emblem-Zeichnungen von

Erbauung Roms als barocke Stadt, 1951
Radierung
Verzeichnis-Nr. 124

Anna Magnani, Roberto Rossellini, Luchino Visconti und Vittorio de Sica und erhält von Fellini den Dekorationsauftrag für einige Szenen des Films »Luci di varietà« mit Giulietta Masina.
Gugel zeichnet Buchillustrationen zu den »Contes Suisses« von Maurice Sandoz, die 1956 in Lausanne erscheinen. Viele Jahre beschäftigt er sich mit Entwürfen und Bemalungen von Porzellan für verschiedene Manufakturen wie Rosenthal und Hutschenreuther in Selb, aus Geschmack, aber auch, um Geld zu verdienen, wie er sagt. In diese feinkeramischen Gebilde gehen ebenfalls seine ihm eigenen theatralischen Formelemente ein, mitunter ausgeführt in phantastisch-delirösen Weise, entwickelt aus seinen Maler-Erfahrungen.

Zum Kreis um Clerici gehörten auch die Malerbrüder Alberto Savinio und Giorgio de Chirico, mit denen Gugel in freundschaftlichen Verkehr trat. Der Surrealismus, dann die Pittura Metafisica waren zentrale Gesprächsthemen und De Chirico bot ihm an, in seinem Atelier mit ihm zusammen zu malen und einige von ihm begonnene Bilder zu vollenden. Doch ist es dazu nicht gekommen. Auch mit dem aus Chile stammenden Surrealisten Roberto Matta Echaurren verband Gugel damals in Rom eine Freundschaft. Beide arbeiteten eine Zeitlang zusammen in dem gleichen Atelier. Die magische Vereinsamung und Verfremdung des Menschen, die in De Chiricos Gliederpuppen einen spukhaft-dämonischen Ausdruck finden, rührten eine verwandte Saite in Gugel an. Das später entstandene Porträt seiner bereits gestorbenen und von ihm sehr geliebten Freundin »Zia«, einer Italienerin aus der Nähe von Mantua, entspricht in seiner todesstarren Rätselhaftigkeit ganz dem, was De Chirico bereits 1914 über Malerei sagte: »Damit ein Kunstwerk wahrhaft unsterblich sei, muß es vollständig aus den Grenzen des Menschlichen heraustreten.« Gugel stellt die Verstorbene bei der Siesta dar und teilt ihr ein leicht schmerzliches Verziehen des Gesichtes mit, das er mit einem bläulich-zarten Schimmer überzieht – ein subtiles und visionäres Ausdrucksspiel von Entrücktheit in der Gegenwärtigkeit, eine totenbeschwörende Fata Morgana, eben ein Meisterwerk.

Besonders Leonor Fini gehörte in Rom zum lebensvollen Kreis von Clerici, Fellini, Savinio, Anna Magnani, De Chirico, den Schriftstellern Mario Praz und Klaus Mann. Gugel verkehrte in ihrem Haus, wo sie mit ihrem Lebensgefährten, dem Maler Stanislao Lepri, zusammen wohnte. Auch die viel- und vollblütige Triestinerin Leonor Fini liebte das altmanieristische und barocke Rom von 1550 bis 1690 und kreierte, unter dem Einfluß von Baudelaires Dandysmus und Stendhals Ich-Kult, einen kostbar verfeinerten Menschentyp, einen luziferschen Cherub, der ihrem androgynen und hermaphroditischen Ideal entsprach. Auch Stanislao Lepri, Sproß einer alten, römischen Adelsfamilie, zersetzt mit den Mitteln der phantastischen Kunst die logische Kontinuität der Dinge. Er zeigt mit makabrem Bildwitz die Welt als unbegreifliches Labyrinth. Wenn auch entfernt, so gehörte zudem Heinrich von Hessen zu diesem Künstlerkreis, ein Grenz- und Einzelgänger, bekannt unter dem Pseudonym Enrico d'Assia. Er stellte mit Gugel zusammen im Goethe-Institut in Rom aus und signiert seine Bilder kurz mit Assia. Der italienische Kritiker Luigi Carluccio bezeichnet ihn als »Meister einer surrealen Nachtromantik, der manches Böcklin und Magritte zu verdanken hat«. Heinrich von Hessen ist der Enkel des letzten Königs von Italien, Victor Emanuel III., und Sohn der Prinzessin Mafalda von Savoyen, die 1944 im Konzentrationslager Buchenwald starb. Zu Gugels Freunden in Rom gehörten Max von Brück und dessen Frau Bärbel, la Baronessa, selbst Malerin und ausgezeichnete Kennerin seines Werkes, dann der gastfreundliche und hochgelehrte Archäologe Ludwig Curtius und dessen Verwandte, Alix von Fransecky, von der deutschen Botschaft, zudem Werner Ross, Direktor der Deutschen Schule in Rom, Dr. Erich Sommer, Botschaftsrat beim Vatikan, der Fotograf Herbert List und die Dichterin Ingeborg Bachmann, die mehr als nur freundschaftliche Sympathie für Gugel empfand. Er kannte diese hochbegabte und gefährdete Frau bereits von München her. Sie war ihm dort von den Komponisten Hans Werner Henze und Karl Amadeus Hartmann vorgestellt worden. Letzterem widmete Gugel 1963 ein Epitaph in seiner Serie »Der Tod«. Seit Jahren zählt auch der Zeichner, Maler und Bühnenbildner Nicolaus zu Bentheim zu Gugels Freunden aus dem Kreis der Deutsch-Römer. Beide sind Nachbarn und wohnen nahe dem Campo dei Fiori, dem lebendigsten und volkstümlichsten Platz der Stadt, auf dem übrigens 1600 Giordano Bruno als Ketzer den Feuertod erlitt, woran noch ein bescheidenes Denkmal erinnert.

Mit Manierismus als Emblematik und Rätselkunst läßt sich Gugels Hauptwerk, das »Aschen-Brödel« (1965 in Buchform publiziert), charakterisieren, in dem mit 29 Federzeichnungen und eigenen dichterischen Texten das Märchen der Brüder Grimm (1843) neu gestaltet wird. Es ist inhaltlich die Geschichte der Geschwisterrivalität und demütigenden Fronarbeit in der Küchenasche, der treuen Liebe zur Mutter und dem erlösenden Wunder durch den Märchenprinzen, der mit seiner Liebe Aschenputtels Qual beendet. Dieses einfache und utopische Volksmärchen setzt Gugel mit Bildern, Versen und Prosa-Kommentaren in eine artifizielle Kunst-Dichtungs-Moritat um. Er nimmt eine Verfremdung vor, und es entsteht ein erfindungsreiches Traumspiel mit Zeichnungen von konzentriertester, intellektueller Zusammenziehung in der Art von Bild-Epigrammen. Dabei bedient er sich der manieristischen Methode der Reizsteigerung durch das Befremdende und Unwirkliche wie auf Bild 1. Zu sehen ist ein nackter Jüngling – er erinnert an Michelangelos Adam – in einem schwerelos schwebenden, piranesihaften Ruinenbogen. Sein linker Arm ist zu einer aufgeblähten Schlauchform ausgeweitet, in der, wie in einem Uterus liegend, ein Kind schemenhaft sichtbar wird. Diese Anamorphose von Adams Arm zersetzt die perspektivische Logik des Bildes und hebt zugleich die organisch-natürliche Integrität der Gestalt auf. Ihr Erscheinungsbild aus klassischer Schönheit und formalem Widersinn läßt den Ausdruck von Ambiguität und Schock entstehen. Diese Reizsteigerung durch das Groteske und Absurde durchzieht das gesamte »Aschen-Brödel«: Räder einer Lokomotive ersetzt Gugel durch Pferdehufe, einem Sarg schließt er ein Ofenrohr an, Schuhe verwandeln sich in Häuser, ein Hahn endet in einem Kaktus, Landschaften formen sich zu Gesichtern, Treppen enden im Nichts, Fische schwimmen in Gegenrichtung. Schönheit und Grauen vereinigt Gugel zur *terribilità* Michelangelos, dem Begründer des Schockverfahrens durch das Paradoxe, das einen Höhepunkt in Parmigianinos Bildverzerrungen gefunden hat. Als bilddialektische Antithese zur Gutartigkeit der entwürdigten Titelfigur rückt Gugel auf der Zeichnung 5 die Gehässigkeit der schnippisch-eitlen Stiefschwestern ins Bild; eine davon als eine große, schlängelnde Riesennatter mit gierigem, vielnasigem Gesicht und polypenartigen Grapschhänden, die im leeren Raum gestikulierend herumfuchteln. Dazu lautet der Text: »Immer wieder behaupteten die bösen Stiefschwestern, daß es gar nicht genug Furcht gäbe, als man Herren bräuchte, in denen das Aschenbrödel leben müßte.« Ein sperriger, gar abstruser Satz, der mit seiner Anspielung auf das biblische »In der Furcht des Herrn leben« altertümlich klingt und, wie die dazugehörige Darstellung in ihrer flirrenden, wirbelnden Zerstückelung der Teile, den Gesamtausdruck des Grotesken schrill und paroxystisch hochsteigert. Dieser Kettenreaktion von Bildfragmenten liegt eine klare, architektonische Gliederung zugrunde. Gugel überläßt nichts dem Zufall. Häufig baut er seine Bilder geometrisch auf, in mathematisch berechenbarer Bühnen-Übersichtlichkeit wie die Zeichnung 16 mit dem barocken Totenmann als Protagonisten, kniend und in ein Leichentuch gehüllt. Es entsteht eine kristallene, metaphysische Bildstimmung, zu der Gugel folgende Verse dichtet: »Tod, freundliche Märchensonne der Hypochondrie! Zu welcher Bestellung entließest Du Deine Schaffnerin in so entlegene Geschäfte? Du schmiedest uns an den Fels der Vernunft und verhilfst dem Wahnsinn zur Flucht!« Ein manieristisch-poetisches Begriffsspiel, in dem der Autor das Gegensätzliche der Wortbedeutungen Vernunft und Wahnsinn zu einer *discordia concors* vereinigt. Zugleich setzt er den objektiven Sinn dieser Wörter als Ausdrucksmittel einer paralogischen Vision ein.

An dieser Stelle der Betrachtung sei die Frage erlaubt, warum Gugel gerade dieses polemische Märchen vom »Aschen-Brödel« gewählt hat, in dem die Protagonisten in exemplarischer Weise die Polarität des ethisch Guten und Schlechten vertreten, statt sich für die gutartige Geschichte vom »Brüderchen und Schwesterchen« bei den Grimms zu entscheiden, in dem die aggressiven Züge zum Ausgleich gelangen. Die Erzählung, die im englischen Sprachraum unter dem Titel »Cinderella« bekannt ist, enthält unter der scheinbaren Einfachheit sehr komplexe, psychologische Bedeutungen. Der Psychoanalytiker Bruno Bettelheim schreibt dazu: »Aschenputtel übt auf Jungen wie Mädchen deshalb eine fast gleich große Anziehungskraft aus, weil Kinder beiderlei Geschlechts in gleicher Weise unter der Geschwisterrivalität leiden und den gleichen Wunsch haben, aus ihrer untergeordneten Stellung befreit zu werden und über die zu triumphieren, von denen sie glauben, sie seien ihnen überlegen.« Auch Gugel kannte das Leiden durch Zurücksetzungen infolge einer intensiven Rivalität, ausgelöst durch seinen älteren Bruder Wolfram, der von klein auf im Genuß der ihn stark bevorzugenden Gunst der Mutter stand, die, nach seiner öfter vorgetragenen Kritik, an einem »Komplex der Erstgeburt« litt. Diese besonders im Besitzbürgertum häufig anzutreffende Ungerechtigkeit geht auf alttestamentarische Vorbilder und Verhaltensmuster zurück. Gewiß hat Gugel als Kind eine narzistische Kränkung erfahren, zumal der ältere, bürgerlich erfolgreichere Bruder, die Stelle des früh verstorbenen Vaters einnahm.

Literatur

Fabius von Gugel, Das graphische Werk/ Hrsg.: Richard P. Hartmann, Text: Hans H. Hofstätter, Verlag M. DuMont Schauberg, Köln 1982

Fabius von Gugel: Lob der Verzweiflung, achtunddreißig Gedichte, Nachwort von Cyrus Atabay, K. Guha Verlag, Wiesbaden 1984

Fabius von Gugel: Aschen-Brödel oder Der verlorene Schuh, Heinz Moos Verlag, München 1965 und 1981

Bruno Bettelheim: Kinder brauchen Märchen, Deutscher Taschenbuch Verlag, München 1980

Salvator Rosa, L'Opera completa, Rizzoli Editore, Mailand 1975

Gustav René Hocke: Die Welt als Labyrinth, Rowohlt Verlag, Reinbek bei Hamburg 1987

Marie Luise Kaschnitz: Engelsbrücke, Römische Betrachtungen, Claassen Verlag, Hamburg 1955 und 1988

Hans H. Hofstätter: Malerei und Graphik der Gegenwart, Holle-Verlag, Baden-Baden 1969

Erwin Panofsky: IDEA – Ein Beitrag zur Begriffsgeschichte der älteren Kunsttheorie, Wissenschaftsverlag Volker Spiess, Berlin 1989

Paul Valéry: Morceaux choisis, Paris 1930

Theodor W. Adorno: Ästhetische Theorie, Suhrkamp Verlag, Frankfurt am Main 1970

Werner Ross: Bohemiens und Belle-Epoque, Als München leuchtete, Siedler Verlag, Berlin 1997

An diesem Punkt liegt das »komplexe Durcheinander von meist unbewußtem Material«, wie es Bettelheim nennt, das auch die Ursache für das Leiden des kleinen Gugel darstellt. Er baute daraufhin den älteren Bruder zu einer ambivalenten Projektionsfigur auf, zugleich gehaßt und verehrt, und war vom Aschenputtel-Märchen tief beeindruckt. Diese nicht mehr auszulöschende Empfindung blieb daraufhin über viele Jahre im Unbewußten gespeichert und drang fontänenartig in einer Inspiration nach außen. Übrigens während einer Eisenbahnfahrt und bei der Lektüre einer Novelle des Lebensproblematikers Maupassant.

Wie sieht nun die künstlerische Verwirklichung dieser spontanen Eingebung aus? Keinesfalls illustrativ und beschreibend; Wort und Bild sind nicht immer aufeinander bezogen. Das Original der Brüder Grimm dient dem Zeichner und Dichter Gugel nur als Vorlage für seine eigene, komplexe Neugestaltung und Anverwandlung, die stark autobiographische Züge trägt. Das Aschenbrödel ist Fabius von Gugel selbst, so wie Flaubert von seinem Hauptroman gesagt hat: »Madame Bovary, c'est moi!« Das Volkstümliche des Märchenstoffs deutet Gugel nur an, etwa wenn er die Titelfigur im Biedermeierkleid auftreten läßt. Im Gegensatz dazu führt er sie ein anderes Mal in einem wallenden und barocken Gewand vor, als Prinzessin in einer Theaterszene. Das ganze »Aschen-Brödel« ist ein kaleidoskopartiger Akt der Metamorphose in einer Szenerie extremer Unwirklichkeit. Versteckspiel und Verkleidungen, überraschende Verwandlungen und Vexierbilder, Halluzinationen von Doppelgängern in irrealistischen Kunst-Räumen, das sind Aschenbrödels Schauplätze, Kindheitserinnerungen, Sehnsüchte und Visionen. Dazu Gugels Text: »Ihre Träume sind ja ein Teil von ihr selbst! Sie verwandeln sich in jede Gestalt und eilen dem Ort zu, der ihnen aufgetragen ist. Für Aschenbrödel gibt es keine Zeit: Lächelnd schreitet sie durch die Dimensionen, und nicht nur, daß sie in die Zukunft blickt – sie strahlt die Zukunft mit ihren Augen an, so taghell, daß alle darin verborgenen Dinge sichtbar werden...!«

Es ist eine Legende der Wunschträume und Metaphern über die Erhöhung einer Gedemütigten, über die Wiedererlangung des verlorenen Paradieses, über Verzweiflung, Hoffnung, Erlösung. Ein Märchen auch über das Leben als vordergründiges Spiel mit tief verborgener Wahrheit. Darin liegt ein neuplatonischer Gedanke. Gugel schreibt: »Aschenbrödel und der Prinz aber wurden ein glückliches Paar. Sie nahmen sich die Masken von ihren Gesichtern und blickten dieselben von innen an – da waren sie im Reich ihrer Seelen!« Er findet einen menschlich anrührenden und mythischen Schluß für seine Bilderfabel, die voll ist mit symbolischen Chiffrierungen, Weisheiten und Seltsamkeiten. Sein »Aschen-Brödel« ist ein philosophisches Märchenbilderbuch auch über das Sein, die ausgleichende Gerechtigkeit, die elementare Einfachheit der Liebe, ohne jede Effekt-Artistik vorgetragen mit hoher Kunst des Zeichnens, die es in dieser Meisterschaft nicht mehr gibt. Das Neuartige am »Aschen-Brödel« liegt darin, daß Gugel sich über die durch Lessing sanktionierte Grenzscheidung zwischen Malerei als Raumkunst und Dichtung im Sinne von Zeitkunst hinwegsetzt. Er erfindet eine freie Synthese aus Dichtung und Zeichnung – es liegt darin etwas Informelles und Surrealistisches – und es entsteht eine offene Form für die sprengende Entfaltung der Wort-Bild-Assoziationen, ohne Rücksicht auf konventionelle Raum-Zeit-Begriffe. Durch dieses Verfahren gelangen die Gegensätze von Schrecken und Anmut, Zerstörung und Ordnung, Lebensüberdruß und Lebensvertrauen zur Einheit, phantastisch und manieristisch, als *discordia concors*.

Andromeda als Aschenbrödel
zu »Aschen-Brödel«, 1946-48
Verzeichnis-Nr. 19

*Die entarteten Schwestern
zu »Aschen-Brödel«, 1946-48
Verzeichnis-Nr. 23*

*Vater und Tochter oder
Der Triumph von Wassermann und Jungfrau
zu »Aschen-Brödel«, 1946-48
Verzeichnis-Nr. 25*

Catacumba
zu »Aschen-Brödel«, 1946-48
Verzeichnis-Nr. 29

*Die schwierige Trennung
zu »Aschen-Brödel«, 1946-48
Verzeichnis-Nr. 38*

*Der tote Dichter
zu »Aschen-Brödel«, 1946-48
Verzeichnis-Nr. 31*

*Aschenbrödels Schwestern als
die Gefangenen ihrer eigenen Bosheit
zu »Aschen-Brödel«, 1946-48
Verzeichnis-Nr. 33*

*Die Wetterwendigkeit der Mädchen
zu »Aschen-Brödel«, 1946-48
Verzeichnis-Nr. 39*

*Der Schuhprinz
zu »Aschen-Brödel«, 1946-48
Verzeichnis-Nr. 40*

Der Steinmann (Kopie)
zu »Aschen-Brödel«, 1946-48
Verzeichnis-Nr. 42

*Der Schreck des Prinzen
zu »Aschen-Brödel«, 1946-48
Verzeichnis-Nr. 44*

*Die Eifersucht
zu »Aschen-Brödel«, 1946-48
Verzeichnis-Nr. 43*

*Seite 52
Vogelfuttermaschine, 1949
Chinatusche auf Papier
Verzeichnis-Nr. 48*

Im Tabernakel über dem Altar der Cornaro-Kapelle von S. Maria della Vittoria zu Rom findet sich, in Lebensgröße aus weißem Marmor gebildet und von mystischem Licht überstrahlt, auf einer Wolke aus grauem Tuffstein eines der ergreifendsten Zeugnisse barocker Gefühlsdramatik – »Die Verzückung der heiligen Theresa« (1646-52) von Giovanni Lorenzo Bernini. In ihrer vollkommenen Hingabe an Gott verkörpert die Heilige das machtvolle Pathos höchster Leidensempfindung in einer selbstlosen, alles verzehrenden Liebe. Christliche Mystik bedient sich dabei sehr überzeugend erotischer Metaphorik als Mittel katholischer Bildrhetorik. Körperliches und Seelisches, Sinnliches und Geistiges, Realität und träumerische Vision verbinden sich zu einer neuen, unauflösbar widersprüchlichen Einheit, die unvermittelt tragische Züge gewinnt.

GERD LINDNER
PROJEKTIONEN EINER ANDEREN WELT
FABIUS VON GUGELS TRIUMPHE

Doch plötzlich verlebendigt sich das Monument. Es wächst sich aus zu einer Erscheinung von geradezu magischer Suggestivkraft und ungeheuren Ausmaßen. Statt des Engels erscheint ein rauchendes (oder brennendes?) Herz in einem heraldisch-transzendenten Strahlenkranz, dem die Flügel wie selbstverständlich anverwandelt sind, während sich zu Füßen der Figur zwei Schlangen mit maskierten Frauenköpfen durch die dichten Wolkenmassen winden, gleichsam als ob sie soeben dem blumenumrankten Toilettenbecken mit dem aufgeklappten Deckel entkrochen sind. Schließlich ist die ganze Szenerie aus dem barocken Sakralraum in einen irdischen Garten (oder ist es ein Friedhof?) vielleicht aus der Zeit kurz nach der Jahrhundertwende versetzt, in dem ein Herr vor einer riesigen Büste, deren lächelndes Antlitz auf den Kopf gestellt ist, seiner Familie den geheimen Sinn dieser grandiosen Allegorie zu erklären sucht. Es dürfte klar sein: Die Rede ist nicht von Berninis meisterlichem Altarwerk, sondern von einer vergleichsweise unscheinbaren Federzeichnung mit dem Titel »The Triumph of Love« aus späterer Zeit, geschaffen 1951 von einem Meister der esoterischen Phantastik, dem Bühnenbildner, Maler und stupenden Zeichner Fabius von Gugel, geboren 1910 in Worms.

Wer ist dieser Künstler, der mit derartiger Leichtigkeit ein solches Wunderwerk kapriziöser Bilderfindung auf das Papier zu zaubern versteht? Wer ist dieser Alchimist virtuoser Zeichenkunst, der nicht glauben läßt, daß die erste große Aufführung von Guarinis »Il pastor fido«[1] schon vierhundert Jahre her ist? Wer ist dieser von Traumgesichten erfüllte Visionär, dessen Schöpfungen von seltsamen Einfällen, von Metamorphosen, überraschenden Motivkombinationen und Verwandlungen nur so überquellen, ja dessen Blätter geradezu als Inbegriff eines barockmanieristischen *artifizioso* erscheinen, der genauso aber auch ein Zeitgenosse Baudelaires sein könnte wie er nach Meinung Peter Schamonis[2] ein Geistesverwandter E.T.A. Hoffmanns ist?

In den gängigen Lexika ist wenig über Fabius von Gugel zu finden. Man muß schon speziellere Literatur vornehmlich über phantastische Kunst bemühen, um etwas mehr über ihn in Erfahrung zu bringen. Ausstellungskataloge oder gar umfassendere monographische Publikationen gibt es gleichfalls nicht viele. Neben Gustav René Hockes wegweisenden Forschungen zum Manierismus und seinen Erscheinungsformen in der neueren Kunst unseres Jahrhunderts ist da vor allem der von Richard P. Hartmann in der Reihe »Klassiker der Neuzeit« mit einem Text von Hans H. Hofstätter herausgegebene Band »Fabius von Gugel – Das Graphische Werk«[3] von unverzichtbarem Wert. Doch eine letzte Erklärung der Geheimnisse des Gugelschen Werkes ist auch dort nicht zu erwarten. So bleibt nur, der eigenen Empfindsamkeit und Assoziationskraft zu vertrauen, das heißt, wir haben uns an das Werk selbst und seinen Schöpfer zu halten.

Kehren wir also zurück zu dem eingangs besprochenen »Triumph der Liebe«. Er ist Teil einer ursprünglich neun Blätter umfassenden Serie von »Trionfi«, die 1950/51 im Auftrag eines New Yorker Verlages zu Texten von Bill Demby, einem sonst nicht weiter bekannten amerikanischen

1 Mantua, 1598; Vgl. John Shearman: Manierismus, Das Künstliche in der Kunst, Beltz Athenäum Verlag, Weinheim 1994, S. 109
2 Pressenotiz zur Eröffnung der Ausstellung von Fabius von Gugel im Kunstverein Heilbronn, in: Heilbronner Stimme vom 29. Februar 1988
3 Verlag M. DuMont Schauberg, Köln 1982

Autor, entstanden sind. Das Buch ist damals nicht zur Veröffentlichung gelangt. Dementsprechend stehen die »Trionfi«, von denen einer (»Der Triumph eines toten alten Baumes« von 1951) wohl bei Auflösung der Galerie Allard in Paris bereits verschollen ist[4], heute ohne den literarischen Kontext als autonome Blätter ganz für sich selbst. Triumphdarstellungen haben eine lange Tradition, die zurückreicht bis in das alte, das antike Rom. Später, am Beginn der Neuzeit, führte die Kultur der Renaissance in Italien auch zu einem Wiederaufleben der Triumphidee in der Kunst und Literatur. Petrarcas Epos »I trionfi« (entstanden zwischen 1351/52 und 1374), das eine Stufenfolge allegorischer Triumphe (Liebe, Keuschheit, Tod, Ruhm, Zeit und selige Ewigkeit) behandelt, wirkte nicht nur vorbildhaft, sondern auch als unmittelbare Anregungsquelle für entsprechende Triumphbilder bis in die Zeit des Barock. Als Sonderform großangelegter Feste wurden Trionfi auch zu politisch-propagandistischen Zwecken arrangiert, wobei die zum Teil enorm aufwendigen Ausstattungen (Kulissenarchitekturen, Kostüme, ganze tableaux vivants etc.) oftmals von der Hand bedeutender Künstler entworfen wurden. Selbst an Grabmälern jener Zeit sind sie vereinzelt zu finden.

Fabius von Gugels »Trionfi« sind jedoch Schöpfungen von genuin eigenständiger, subjektiver Provenienz. Es sind subtile Schaustücke eines unerschöpflichen Geistes, die weit eher dem Bildtypus der barocken Apotheose mit ihrer Fülle von Trophäen, Emblemen, heraldischen Elementen und Todessymbolen verpflichtet sind, als der ursprünglichen Idee des Triumphzuges. Mit einem ungeheuren Aufwand an überraschenden Details, die oftmals auch stark groteske Züge annehmen, eröffnet sich Blatt für Blatt eine ganze Welt dunkler Metaphern, die den tiefen Pessimismus einer tragischen Existenz zwischen Verzweiflung und Zuversicht in magische Bilder voll *décadence* und überfeinerter *terribilità* fassen. Inhaltsstoffe bilden falsche Hoffnungen, Enttäuschungen, zerstörerische Liebe und Eitelkeiten, die Vergänglichkeit von Schönheit und Macht, der Schmerz des Lebens, die Sehnsucht nach entschwundener Freiheit und – der Tod. In einem der großartigen Gedichte des Künstlers[5] – er ist nicht nur ein überragender Zeichner, sondern auch ein begnadeter Dichter – heißt es:

Die erste Halbzeit im Leben hat es gebraucht
zu erkennen, daß es die Liebe nicht gibt,
und den Rest der ersten Halbzeit,
um sie vielleicht zu erzwingen.
Und die zweite Halbzeit zu erkennen,
daß schon von Spielbeginn an auf unsre Schultern
der Tod seine Hände gelegt hat: Ich meine,
er schlägt deshalb noch lange nicht zu.

Im Grunde ist er fast eine Formalität,
gemessen an der Enzyklopädie unserer Leiden [...]

Der Tod als bedrückende, traumatisierende Selbstgewißheit von frühester Kindheit an ist eines der bestimmenden Grundelemente in der Kunst des Fabius von Gugel, wenn auch nicht im Sinne des »Trionfo della morte« d'Annunzios, in dem der Protagonist sich und seinem Begehren letztlich selbst ein Ende setzt. So zeigt der »Triumph der vollkommenen Witwenschaft« in einem magischen Fächerspiegel mit Urne, Sarkophag, Grabstein, Kränzen und Obelisken nicht nur die tuchverhüllte Witwe auf dem brennenden Lager und ein Skelett am gleichfalls qualmenden Pfosten, sondern unten rechts auf einem kleinen Kissen auch den Kopf des jung verstorbenen Künstlers (ein Motiv, das schon in einer Aschen-Brödel-Zeichnung von 1948 vorkam). Die Asso-

4 Um sich annähernd eine Vorstellung von diesem Blatt machen zu können, soll der Hinweis genügen, daß es ein ähnliches Motiv, ein schier undurchdringliches Waldstück mit Durchblick auf eine bizarre Architekturphantasie und einer Schuhplastik in Form aufgestützter Finger im Vordergrund, aus dem Jahre 1949 gibt, das im Bildaufbau erstaunliche Parallelen zu Albrecht Altdorfers kleinformatigem »Laubwald mit dem hl. Georg« von 1510 in der Münchener Alten Pinakothek aufweist. Abgesehen vom »Triumph der Häßlichkeit«, der sich in Berliner Privatbesitz befinden soll, sind alle übrigen »Trionfi« hier vorgestellt.
5 Früher Tod der Jünglinge, in: Fabius von Gugel: Lob der Verzweiflung, K. Guha Velag, Wiesbaden 1984, S. 25

ziationen reichen vom Fegefeuer über Giuseppe Sanmartinos virtuose Gewandverhüllung des toten Christus (um 1752/53, Marmor, Capella de'Sangri, Neapel) bis zu Judith mit dem Haupt des Holofernes. Doch der eigentliche Sinn bleibt auch hier ein autistisches Geheimnis. Als traumhafte Visionen sind die »Trionfi« Zeugnisse einer anderen, scheinbar hermetisch verschlüsselten Innenwelt voller Paradoxien und bildhafter Oxymora mit einem tiefen Empfinden für das Hintergründige, Doppelbödige und Zwiespältige des Daseins, das Unglaubliche, Zweideutige und unauflösbar Gegensätzliche, eben die dunkle Metapher, die Anspielung, das Scharfsinnige, den Sophismus.[6]

»Die Jagd ist älter als das Wild« ist das Motto einer Zeichnung aus dem Aschen-Brödel, die möglicherweise von einem Teppichmotiv aus der Schule von Fontainebleau inspiriert wurde und einen Hirsch zeigt, der sich im Sprung zu einem Monument ganz aus Pfeilen und Lanzen verwandelt. In den »Trionfi« greift Gugel diese Grundidee wieder auf, doch zeigt er diesmal einen aus Spießen gebildeten Stier, der sich nach vollendetem Leidensweg als stolzes Scheinbild eines Siegers im Zentrum der vollbesetzten Arena erhebt. Titel (»Triumph der Verfolgung«) und archimboldeske Erscheinung bilden auch hier einen spannungsvollen Gegensatz mit ironisch-makabrem Einschlag, eine antithetische *concordia discors,* die die bewußte Sinnverkehrung zu einem strukturellen Leitprinzip werden läßt. Im gleichen Jahr malte Fabrizio Clerici übrigens an seiner endgültigen Fassung »Der Minotaurus klagt öffentlich seine Mutter an«, einem Thema, das durchaus auch für Fabius von Gugel von Interesse gewesen sein kann.

Fabius von Gugel hatte zu dieser Zeit sein Atelier direkt gegenüber dem Palatin in Rom. Er war befreundet mit Fabrizio Clerici, für den er die malerische Ausstattung des Palazzo Cicogna in Venedig und noch andere Aufträge übernahm. Vermittelt durch Clerici schuf er 1950 unter dem Pseudonym Fabio Scalari auch seine erste Bühnenausstattung für Felice Lattuadas »Le preziose ridicole« am Opernhaus in Rom, die den Auftakt seiner jahrzehntelangen Tätigkeit für das Theater bildete. Alberto Lattuada brachte ihn mit Federico Fellini zusammen, für dessen Film »Luci di varietà« Fabius von Gugel im gleichen Jahr die in der endgültigen Fassung schließlich gestrichenen Varieté-Szenen ausführte. Überhaupt müssen die Jahre in Rom eine sehr produktive Zeit für ihn gewesen sein. De Chirico lud ihn ein, mit ihm in seinem Atelier zu arbeiten. Doch er zog es vor, mit Roberto Sebastian Matta Echaurren, der sich von 1950 bis 1954 in Rom aufhielt, eine vorübergehende Ateliergemeinschaft zu bilden. Fabius von Gugel selbst war bereits 1947 wohl unmittelbar nach Abschluß seiner Textarbeit am Aschen-Brödel illegal nach Italien gegangen, wo er schon während des Krieges in einer Nachrichtenabteilung gedient hatte und wo er auch nach seiner abenteuerlichen Desertion bis zum Ende des Krieges geblieben war. In seinen römischen Jahren sind seine vielleicht bedeutendsten zeichnerischen Werke entstanden, darunter »Die vier Jahreszeiten« (um 1949/50), eine Vorarbeit zu den Malereien im Aufzug des Palazzo Cicogna, die Serie der »Trionfi« (1950/51) und der Zyklus der »Tageszeiten« (1952), zu dem sein sicher bekanntestes und am häufigsten publiziertes Blatt, »Die Nacht«, gehört.

»Im Zuge der ›Romantik‹ hatte sich um den Begriff der *Nacht* ein semantisches Feld formuliert, in dem Schwarz, Traum, Schlaf, Tod, Abgrund, Wahnsinn eine assoziative Verbindung fanden.«[7] Im Umfeld des Symbolismus vertieften sich diese Gedanken noch, wie das Frühwerk Alfred Kubins, den Fabius von Gugel außerordentlich schätzt, beweist. Voll dunkler Passagen und Abgründigkeit sind schließlich auch die Träume in den Schriften von Hugo, Nerval und Baudelaire. Man könnte diese Streifzüge mühelos fortsetzen. Für Fabius von Gugel, der Museen immer als seine eigentliche Akademie betrachtet hat, sind jedoch auch noch andere Bezugsfelder seiner bildhaften Imaginationen wichtig, so das Höfisch-Überfeinerte des 18. Jahrhunderts, Jacques Callot und der römische Barock, Michelangelo, der Manierismus und die Schule von Fontainebleau, aber auch ein Renaissance-Riese wie Albrecht Dürer.

6 »Das Unglaubliche, das Zweideutige, das Gegensätzliche, die dunkle Metapher, die Anspielung, das Scharfsinnige, den Sophismus« bezeichnet Matteo Peregrini (1595-1652), ein Theoretiker des Manierismus, in seinem »Trattato delle acutezze« (1639) als die Sinnfiguren des Concettismo, als Wesensmerkmale einer scharfsinnigen manieristischen Methaphorik. Vgl. dazu Gustav René Hocke: Die Welt als Labyrinth, Rowohlt Verlag, Reinbek bei Hamburg 1987, S. 16, 335f und 411f
7 Stefanie Heraeus: Traumvorstellung und Bildidee, Surreale Strategien in der französischen Graphik des 19. Jahrhunderts, Dietrich Reimer Verlag, Berlin 1998, S. 75

Schauvitrine für Rosenthal, Weltausstellung, Brüssel 1958

So beruht Gugels »Triumph eines Bürgermeisters« motivlich eindeutig auf Dürers »Großem Triumphwagen« (Federzeichnung, 1518), der ursprünglich wohl als Kernstück der monumentalen Holzschnittfolge des Triumphzuges nach einem auf den »Hieroglyphen« des Horapollon beruhenden Konzept Willibald Pirckheimers[8] entworfen wurde und später nicht nur als Holzschnitt ausgeführt, sondern auch im Nürnberger Rathaus als großes Wandbild realisiert wurde. Doch Fabius von Gugel kehrt auch hier den Sinn des herrscherlichen Triumphes in sein Gegenteil. Aus der Glorifizierung des Kaisers wird ein Triumph des scheinheiligen Teufels, zeitgenössisch apostrophiert, ja karikiert als Selbstüberhebung eines Bürgermeisters. Dabei ist es eine Lust zu sehen, wie der Künstler das phantastisch-ornamentale Angebot aufnimmt, verändert, variiert und transformiert und auf diese Weise zu einem eigenen, höchst grotesk anmutenden Zerrbild eines dämonisch-skurrilen Triumphators neu zusammenfügt. Inschriften bezeichnen auch bei Gugel erstrebenswerte Tugenden, die sich durch die Art der Darstellung jedoch sofort als Insignien der Lüge und Falschheit offenbaren. Abermals werden wir Zeuge, wie der Künstler es vermag, überall die Kehrseite der äußeren Erscheinungen wahrzunehmen, sie in ihrer oft schmerzlichen Ambivalenz zu sehen. Er selbst – so scheint es – erlebt die Welt in Gegensätzen, die er auf der Suche nach Humanitas mittels synkretistischer Bilder auszuhalten sucht. Das Renaissance-Motiv wird zu einer barocken Komposition in manieristischem Gewand, angereichert mit Sinnfiguren und phantastischen Arabesken, die der subjektiven Assoziation breiten Spielraum bieten. Dabei ist alles mit größter Präzision und Genauigkeit erfaßt. Nichts bleibt im Vagen, nichts in der unklaren Andeutung. Auch in der virtuosen Beherrschung der überkommenen Form, dem Reichtum der Phantasie und Kapriziosität der Erfindung offenbart sich der Künstler hier als eingefleischter Manierist. Fabius von Gugel ist im besten Sinne des Wortes ein *uomo universale* wie auch *cortegiano*, ein unerschöpflicher, spitzfindiger Geist, dessen visionärer Blick kompromißlos, unversöhnlich, fordernd und – wenn es sein muß – der Welt »feindlich und hart«[9] ist.

Immer neue Bilder entbindet der Künstler, hermetisch verschlüsselt, geheimnisvoll, dämonisch und phantastisch, ohne das Zentrum seines eigenen Ichs, seine Angstträume und Erinnerungen, mit seiner hintergründigen, persiflierenden Tragikomik zu verlassen. Auch die Aufeinanderfolge der Bilder (sofern sie aufgrund meist fehlender Datierungen überhaupt zu rekonstruieren ist)

8 Pirckheimer hatte auf Wunsch Kaiser Maximilian I. zuvor schon die »Hieroglyphen« des Horapollon ins Lateinische übertragen und Dürer Federzeichnungen als Illustrationen dazu geliefert. Vgl. Fedja Anzelewsky: Dürer, Werk und Wirkung, Karl Müller Verlag, Erlangen 1988, S. 171f
9 Die Muse, in: Fabius von Gugel: Lob der Verzweiflung, K. Guha Verlag, Wiesbaden 1984, S. 26

öffnet das Tor zum Verständnis dieser Kunst nicht. Hinzu kommt, daß das Werk des Fabius von Gugel nicht kontinuierlich wachsen konnte, das heißt, es gibt einzelne Schaffensschübe und dazwischenliegende Unterbrechungen und Sprünge, ganz zu schweigen von der Tatsache, daß vieles (zum Beispiel nahezu die ganze Vorkriegsproduktion) verlorengegangen oder verschollen ist.

Diese Diskontinuität seines bildkünstlerischen Werkes ist biographisch bedingt. 1956 verließ er Rom und zog nach München zu seiner im Sterben liegenden Mutter. Noch im gleichen Jahr folgte seine erste Bühnenausstattung in Deutschland, das Balett »Giselle« an der Bayerischen Staatsoper in München, das aufgrund des im Krieg zerstörten Hauses im Prinzregententheater zur Aufführung kam. Wenig später arbeitete er – parallel zu seiner Tätigkeit für das Theater, die ihn bis 1989 beschäftigt hat und mit führenden Theaterleuten (Axel von Ambesser, Heinz von Cramer, Leonard Steckel, Alan Carter, Hans Werner Henze, Harro Dicks, Fritz Kortner u.a.) zusammenführen sollte – als Porzellangestalter für die Firma Rosenthal in Selb, für die auch Künstler wie Henry Moore, Salvador Dalí, Ernst Fuchs und Bele Bachem tätig waren. 1958, auf der Weltausstellung in Brüssel, wurde eine von ihm gestaltete Schauvitrine am Eingang des Palais d'Elegance, die einen Teller, ein Kännchen und eine Tasse von Rosenthal unter dem Motto »Triomphe de l'Assiette« (»Triumph des Tellers«) zeigte, gar mit dem Grand Prix für Dekoration ausgezeichnet. Das Arrangement verzichtete bewußt auf die übliche Form der Präsentation von Tafelgeschirr. Vielmehr erscheint die Vitrine als Tableau, in dem, flankiert von zwei archimboldesken Scherbenfiguren, auf leicht erhöhter Bühne eine Figurine mit Tellerkopf thront, der von der Kännchenbedienung eine Tasse gereicht wird. Porzellanarbeit und Bühnendekoration bilden hier eine sinnfällige, wenngleich überraschende Einheit, die sicher auch die Jury sofort überzeugt hat. Kurz darauf löste Fabius von Gugel jedoch seinen Vertrag mit Rosenthal und wechselte zu Hutschenreuther, so daß das weibliche Gegenstück zu dem in der Ausstellung befindlichen Porzellanleuchter von 1959 nicht mehr zur Ausführung gelangte.

Eines wird hier nochmals in aller Klarheit deutlich: Fabius von Gugels Bilder sind in erster Linie bühnenhafte Projektionen der eigenen Innenwelt – selbst bei einer Vitrinengestaltung zur Präsentation von Porzellanen. Diese grundsätzliche Affinität zur Bühne ist eines der bestimmenden Merkmale seiner Kunst. Man schaue sich nur das Blatt »Triumph der Haare einer alten Dame« oder den »Triumph des falschen Frühlings über den Winter« (beide von 1950) an! Zugleich ist dieser Welt ein Widerstreit der Gegensätze immanent, der bis ins Paradoxe reicht und in der Idee des Triumphes seine vorzüglichste Ausgestaltung findet. Wie heißt es ziemlich am Ende seines dichterischen Hauptwerkes, dem Aschen-Brödel: »Wir gönnen Aschenbrödel jetzt ihren Triumph! Jetzt nehmen alle Dinge die Formen an, wie sie um Triumphe gewöhnlich zu erwarten sind: Aschenbrödel zieht als Galathea über das Meer, von Seepferden gefolgt – und wo sich eine Architektur anbahnt, verwandelt sie sich in die rollenden Voluten des Baldachins von Bernini.« Und an anderer Stelle: »In einem Augenblick wie diesem öffnet auch die Landschaft ihre Augen und will teilhaben am Wunder der vertauschten Symptome: Das Banalste nimmt eine neue Form an ohne sich dabei zu verändern und wird Bestandteil einer natürlichen Poesie!«[10] Bewundernswert ist die Eleganz, mit der er etwa die »Haare einer alten Dame« im Schlepptau dreier Schwäne zu geschmeidig fließenden, rocaillehaften Kaskaden über einem Wasserbecken stilisiert, garniert mit Emblemen aufgetakelter Eitelkeit – eine Apotheose der Scheinwelt voll hintergründigem Sarkasmus, vorgetragen mit dem Anspruch höchster ästhetischer Qualität.

Auch hier dominiert barockes Empfinden. Vor allem Bernini ist über weite Strecken offenbar ein wichtiger Anreger für ihn gewesen. Inspiriert von gemeinsamen Wanderungen mit dem Fotografen Herbert List durch das alte, das barocke Rom entstand 1951 ein diesbezüglich signifikantes Blatt, die Radierung »Erbauung Roms als barocke Stadt«. Sie zeigt eine archäologische Landschaft in der Art Piranesis, doch stärker noch verwunschen und phantastisch überformt.

10 Fabius von Gugel: Aschen-Brödel oder Der verlorene Schuh, Heinz Moos Verlag, München 1965, unpaginiert

So schwebt Michelangelos Kuppel von St. Peter als riesiger Ballon über dem Dom, entfaltet sich die Spanische Treppe Francesco de Sanctis wie eine Zieharmonika aus Papier, werden Marc-Aurel- und Trajansäule restauriert, während im Vordergrund ein Triton von Bernini höchst persönlich auf seinen Platz im Brunnen auf der Piazza Barberini geschickt wird. Dies ist keine Traumlandschaft des Unbewußten, sondern ein humoreskes Capriccio des Erhabenen, der »Ewigen Stadt«.

Fabius von Gugels Arbeiten sind mithin auch nicht im eigentlichen Sinne surrealistisch. Nicht psychischer Automatismus kennzeichnet seine Bildstrategie, sondern die spontane, intuitive Formulierung visionärer Einfälle, mit der er vielfach tief in seinem Inneren wurzelnde Zwangsvorstellungen kompensiert. Äußere Anlässe geben oftmals den entscheidenden Anstoß zur Visualisierung seiner Visionen. Gedankliche wie formale Assoziationsketten wie bei Grandville bestimmen dabei häufig das strukturelle Grundprinzip. Besonders deutlich wird dies etwa in der kolorierten Lithographie »Das Dampfroß« von 1978, das auf einen Entwurf des Bühnenvorhangs zu Eugène Labiches »Herr Perrichon auf Reisen« (Cuvilliés-Theater München, 1977) zurückgeht und in der Folge eine ganze Serie lithographierter Phantasien zum Thema »Weltreise« inspirierte, die motivlich wiederum teilweise schon in den Aschen-Brödel-Zeichnungen vorgebildet sind. Das gleiche assoziative Prinzip zeigt im übrigen auch der »Triumph der Vögel« (1951), in dem die Tiere in schwungvollen Ranken einer geheimnisvoll im Äther schwebenden Blüte entfliehen, während gestrandete Cherubim, geblendet von der Erscheinung, am einsamen Ufer gefesselt liegen.

Derartige Bilder entspringen einer anderen Welt, und es liegt auf der Hand, daß Fabius von Gugel damit ins Abseits des aktuellen Kunstbetriebes geraten mußte. Doch unbeirrt von der Ignoranz seiner Zeit ging er von Anbeginn einsam seinen eigenen Weg, erfüllt vom Grauen, in dieser Welt leben zu müssen, doch getragen von der Gewißheit einer anderen, tieferliegenden, einer metaphysischen Wirklichkeit jenseits der realen Erscheinungen.

Seite 59
Triumph der Liebe, 1951
Feder
Verzeichnis-Nr. 60

Seite 60
Triumph des falschen Frühlings
über den Winter, 1950
Feder
Verzeichnis-Nr. 57

Seite 61
Triumph der Haare
einer alten Dame, 1950
Feder
Verzeichnis-Nr. 58

Seite 62
Triumph der Verfolgung, 1951
Feder
Verzeichnis-Nr. 63

Seite 63
Triumph der Vögel, 1951
Feder
Verzeichnis-Nr. 62

Seite 64
Triumph eines
Bürgermeisters, 1951
Feder
Verzeichnis-Nr. 61

Seite 65
Triumph der vollkommenen
Witwenschaft, 1951
Feder
Verzeichnis-Nr. 59

Pique-Dame, 1950
Chinatusche auf Papier
Verzeichnis-Nr. 54

Coeur-Dame, 1950
Chinatusche auf Papier
Verzeichnis-Nr. 52

Caro-Dame, 1950
Chinatusche auf Papier
Verzeichnis-Nr. 55

Treff-Dame, 1950
Chinatusche auf Papier
Verzeichnis-Nr. 53

WORMS Im Jahre 1912 – ich war gerade zwei Jahre alt – beschloß mein Vater, seine Stellung als Berufsoffizier in Worms aufzugeben und, um seine Familie zu rebajuwarisieren, nach München, das damals noch leuchtete, überzusiedeln.

Meine Mutter, Tochter von Carl (später Charles) Bittel, stammte väterlicherseits aus alter Wormser Familie, was die Namensschilder auf den Bänken des Domes bestätigen konnten. Jean Paptiste Bittel, der Vater von Carl, war Notar. Er wohnte in der Nähe des Lutherdenkmals. Als seine uralte Haushälterin von einem Fenster im Dachgeschoß aus ein Plumeau ausschütteln wollte, wurde sie durch das Gewicht der Federdecke aus dem Fenster gerissen und landete, auf derselben sitzend, unbeschadet auf der Straße!

FABIUS VON GUGEL
WASSER AUF MEINE MÜHLEN

Als Feind von allem was preußisch war, siedelte mein Großvater, etwa gleichzeitig mit Carl Schurz (dem späteren US-Außenminister), nach New York, wo er eine Leder- (oder Schuh-)fabrik gründete. In New York hatte er sich, als sie volljährig geworden war, mit der Tochter seiner verstorbenen Nachbarin vermählt (die Gärten der beiden Villengrundstücke grenzten unmittelbar aneinander). Die Mutter der jungen Frau stammte aus Polen. Und der Vater? Es wird immer ein Rätsel bleiben, wieso diese Frau (auch ihr Mann war Offizier) mit ihren beiden unmündigen Kindern nach den USA ausgewandert war! Spielschulden, Frauen? Man weiß es nicht! Da alle Kinder aus dieser Ehe meines Großvaters in New York gestorben waren, empfahl der Arzt bei der nächsten Schwangerschaft eine Umsiedlung nach Europa. So segelte meine Großmutter los, um – gerade in Paris angekommen – meine Mutter zur Welt zu bringen.

Da in jener Zeit tüchtige Männer alsbald wohlhabend zu werden pflegten, baute sich mein Großvater ein Haus in der Avenue de Nenilly 33 (heute Charles de Gaulle), das er später, mit allen Einzelheiten, als Puppenhaus nachbaute. Als Kinderfrau betätigte sich eine deutsche Verwandte der Urgroßmutter von Byschofska – eine Baronesse Pöllnitz – die mit den Kindern im Bois de Boulogne spazieren zu gehen pflegte, wo letztere die Aufmerksamkeit der exilierten Exregenten erregten, so etwa der spanischen Königin Isabella oder des Königs von Hannover, den Tante Pöllnitz mit dem Schrei »Je suis une prussienne« erschreckte und schockierte.

Da meine Großmutter zuckerkrank war und sich deswegen vorwiegend in Bädern im Taunus aufhielt (Einmal kam sie bei einem Spaziergang an einem Schild »Zu den Abtritten« vorbei, wobei sie, der deutschen Sprache nicht recht mächtig, ihren Begleiter fragte, ob es sich lohne, dort hinzugehen – sie hatte geglaubt, daß dort früher die Äbte geritten seien!), entschloß sich mein Großvater, sehr zum Leidwesen seiner an Paris gewöhnten Frau, kurzerhand (auch weil seine Eltern dort noch lebten) in die Heimatstadt Worms zurückzukehren. Er erwarb ein großes Grundstück, das von dem Flüßchen »Pfrimm« durchflossen war und von ihm in einen Park verwandelt wurde. Er ließ zwei Brücken über das Flüßchen bauen, errichtete dort für sich und seine Familie ein Mausoleum sowie, im Geschmack der damaligen Zeit, eine gotische Turmruine, und nachdem er sich sein eigenes Wohnhaus errichtet hatte, baute er rings um den Park ein ganzes Villenviertel. Da er den Park, der schon zu seinen Lebzeiten der Öffentlichkeit freigegeben war, der Stadt Worms vererbte, errichtete man ihm einen Gedenkstein mit einem Bronzerelief seines Kopfes. Ich selbst habe an meine beiden ersten Lebensjahre in Worms keine Erinnerung.

Seite 70
Leuchter für Rosenthal,
1959, Porzellan,
Verzeichnis-Nr. 157

MÜNCHEN »Mädi, Du lügst – Deine Nase wackelt!« ließ sich tadelnd eine weibliche Stimme vernehmen, als ich geleugnet hatte, verbotenerweise über den Rasen gegangen zu sein, um Maiglöckchen zu pflücken. Ich ahnte damals nicht, daß diese Stimme die gleiche war, die zum ersten Mal die bedeutsamen Worte: »Habet acht, habet acht, schon weicht dem Tag die

Die Großeltern, Hedwig und Charles Bittel, mit der Mutter des Künstlers, Paris, ca. 1876

Nacht!« über eine Bühne gesungen hatte. Es war die Stimme der Ehefrau unseres berühmten Hausherren, des Generalintendanten Ernst Ritter von Possart, mit dem sie so oft verheiratet und ebenso oft geschieden war, daß die beiden, um ihre Ehe ein letztes Mal zu konsolidieren, in die Vereinigten Staaten reisen mußten! In Deutschland war es nicht mehr möglich. Genauso unmöglich war es für Possart, den von ihm innig erstrebten Titel »Exzellenz« führen zu dürfen. Es war nicht statthaft, daß jemand, der noch auf der Bühne stand, diesen Titel trug; aber Possart konnte das Schauspielern nicht lassen!

»Mädi« hatte sie mich genannt, weil ich, wie viele Knaben in jener Zeit, bis zu einem gewissen Alter Röckchen tragen mußte, oder weil sich meine Mutter als zweites Kind eine Tochter gewünscht hatte. Da Possart schon betagt war, jagten sich geradezu die Jubiläumsfeiern, unter denen ich zu leiden hatte! Entweder wurde ich (in weiße Seide gekleidet – mit Pagenkopf versteht sich) als little Lord Fontleroy mit einem Geschenkkorb hinter einer Doppeltüre aufgestellt, oder in bayerischer Tracht, um dann, wenn sich die Türe geöffnet hatte, die vom Vater einmal auf Hochdeutsch, ein andermal in Mundart verfaßten Verse, jeweils meiner Kleidung entsprechend, aufzusagen. Wenn ich geendet hatte, geriet die Gästeschar, die ausschließlich aus Schauspielern bestand, in eine Art von Ekstase: Ich wurde von einem Schoß auf den anderen gerissen, man knutschte liebevoll meine Backen, bis mir (da ich zur Zahnregulierung eine goldene Brücke eingebaut bekommen hatte) das Blut aus dem Mund floß. Damals begann meine Angst vor Schauspielern, die sich bis zum heutigen Tag nicht verloren hat. Besondere Angst hatte ich vor Possarts Tochter Lolo – und vor Hertha von Hagen, der Frau von Gustav Waldau. Beide erschienen mir als entsetzlich maniriert – das Bild von Possarts Tochter Lolo spricht für sich selbst!

Die Villa Possart, im Münchener Nobelviertel Bogenhausen gelegen, war in zwei Wohnbereiche geteilt: Parterre, wo der Hausherr gehofft hatte, seine letzten Lebensjahre zu verbringen (was natürlich ganz anders kam), und die beiden darüberliegenden Stockwerke, die im Inneren mit einer Treppe verbunden waren. Dort war meine Familie eingezogen – mit dem Diener, der vorher der Bursche meines Vaters gewesen war, der Köchin Emma Schödl, die später als Schwester in Berlin bei Sauerbruch tätig wurde, und meiner geliebten Deta (sie hieß in Wirklichkeit Katherina Lacroix), nach deren Verheiratung ich mehrmals von zu Hause durchgebrannt war, um bei ihr Unterschlupf zu suchen.

Während des I. Weltkrieges war der Isenheimer Altar nach München verbracht worden. Nicht ahnend, daß es sich um alte Kunstwerke handelte, vermischte sich der starke Eindruck, den die Altartafeln auf mich machten, mit den Kriegsbildern von Otto Dix. – Natürlich machte den größten Eindruck auf mich der auferstandene Christus! Zwei andere Kunstwerke aus jener Zeit sind mir noch in Erinnerung: der »Bahndurchbruch mit dem Mont Saint Victoire« von Cézanne und die Gestalt der »Knieenden« von Lehmbruck. Am Eingang der Staatsgalerie hingen Aquarelle einer gewissen Auguste Rodin, die mir mißfielen! Ich brachte sie natürlich gleich in Zusammenhang mit den spröden erzieherischen Tendenzen von Fräulein Auguste, der an sich rührenden Gouvernante meiner beiden Mitschülerinnen Gerti und Gabriele Hiller. Wir wurden privat unterrichtet und mußten einmal im Jahr eine Prüfung ablegen. Als ich anläßlich einer

Ernst von Possart

solchen gefragt wurde, was für ein Gebäude am Marienplatz stehe, antwortete ich: ein neugotisches – anstatt zu sagen: das Rathaus.

Es gelang mir schließlich, meine Mutter zu überzeugen, mich in eine Malschule zu schicken, als mich noch länger am Wilhelmgymnasium langweilen zu lassen. Ohnehin konnte ich nur in jenen Schulen Aufnahme finden, aus denen mein Bruder nicht bereits dimittiert worden war, und so blieben nur wenige zur Auswahl übrig, wie das adlige Julianum in Würzburg, das meiner Mutter aber zu teuer war! Apropos Gymnasium: Wenn unser Griechischlehrer einen Wutanfall bekam und seinen Homer auf das Pult knallte, flogen die im Buch versteckten Blätter der Voss'schen Übersetzung ins Klassenzimmer.

Bevor ich in der Knirrschule angemeldet wurde, gab es zuerst noch eine Besprechung mit unserem Villennachbarn, dem Maler Benno Becker. Da dessen Haus um die Jahrhundertwende von dem späteren Hitler-Baumeister Troost als erste seiner Schöpfungen in München (für die sagenhafte Summe von 3 Millionen Goldmark) errichtet worden war, bestand die Gefahr, daß eine Villa aus jüdischem Besitz (Professor Becker war Jude) nach ihrer Beschlagnahme auch für meine Mutter zum Verlust des unterdessen erworbenen Possart-Hauses führen könnte. Der Reichtum Beckers war auf das Monopol zurückzuführen, das seine Familie für die Bernsteinfischerei in der Ostsee besaß. Die Villa Becker war, was den Prunk ihrer Einrichtung betraf, ohne weiteres mit den Häusern der Malerfürsten Lenbach und Stuck zu vergleichen. Den Krieg über konnte ich, wenn ich im Urlaub zu Hause war, beobachten, wie Martin Bormann die Umbauten beaufsichtigte, denn aus der Becker-Villa sollte das neue Wohnhaus Hitlers in München entstehen – allerdings erst zur Verwendung nach Kriegsende. Doch das lag noch in weiter Ferne. – Nach langem Hinundhergerede über meine Aussichten als Maler hatte Becker mir (der ich noch nie geraucht hatte) eine Zigarre angeboten, weshalb ich nach wenigen Minuten in den Garten flüchten mußte, um mich zu übergeben.

Possarts Tochter Lolo Hütt

R O M Zunächst war ich also in der Knirrschule, wo man eine Gruppe junger Genies antraf, von denen ich aber in meinem späteren Leben nie mehr etwas gehört habe! Nicht anders ging es mir in Rom, wo ich die »Scuola del nudo«, also die Aktzeichenkurse an der Akademie, besuchte. Da mich meine Mutter in sicherem Gewahrsam wissen wollte, wurde ich (der abendlichen Ausgangssperre halber) in der Villa S. Francesco untergebracht. Ich nannte sie »Priesterbewahranstalt«! Es wohnten dort, mit dazugehörigem Personal: der ehemalige Bischof von Prag, Graf Huyn, der Kardinal Verde, der Kanoniker von St. Peter, Prinz Georg von Bayern, sowie Monsignore Hemmik, Erik Peterson und alle Mitarbeiter des »Osservatore Romano«, an deren abendlichen Gesprächen ich teilnehmen durfte – die hohen Würdenträger blieben natürlich in ihren Appartements. Ein amerikanischer Musikstudent, der auch dort wohnte, nahm mich jedesmal mit, wenn eine der Sponsorinnen der Oper von Chicago ihre Empfänge im Hotel de Russie veranstaltete. Auf diese Weise lernte ich den Komponisten Ottorino Respighi kennen, der mir damals schon ein apokalyptisches Bild von Deutschland entwarf, falls Hitler an die Macht kommen würde. Ein baltischer Freund, ehemals weißrussischer Offizier (Otto von Grünewald), nahm mich manchmal mit zum Essen in den russischen Club, der sich in den ehemaligen Atelierräumen Canovas befand. Dort erschienen häufig der als Priester gekleidete Fürst Wolkonsky oder Irene und Felix Iussupoff, die für ihr Parfüm »Irfe« Reklame machten.

Als meine Mutter mir, nach einem Besuch in Rom, endlich erlaubt hatte, in der Innenstadt ein Zimmer zu mieten, begann ich fieberhaft zu zeichnen. – Von diesen Dingen ist durch die spätere Bombardierung meines Elternhauses nichts als die Erinnerung an die köstlichen Abende übrig geblieben, an denen auch regelmäßig der Maler Werner Gilles teilnahm, der sich seinen Unterhalt in einer Glasmalerei-Werkstätte religiöser Kirchenfenster verdiente.

Da ich damals nicht in Reichtum schwamm, war ich glücklich über jede Einladung, die etwas zu essen versprach. Mein Bruder, der als Schüler in Ettal einen Prinzen Rufo di Calabria zum Studiengenossen hatte, gab mir dessen römische Adresse.
Nie in meinem Leben habe ich eine schroffere Abfuhr erfahren! Von einer Einladung zum Essen – keine Rede!
Nach München zurückgekehrt, konnte ich mich nicht entschliessen, Schüler einer der Malprofessoren an der Kunstakademie zu werden. Kurzerhand entschied ich mich, an den Vorlesungen über Maltechnik von Max Doerner teilzunehmen und unter seiner Aufsicht Bilder der Alten Pinakothek zu kopieren.

Die Eltern des Künstlers mit den Kindern Wolfram und Fabius, Frühjahr 1912

P A R I S Der Hamburger Universitätsprofessor und Romanist Walther Küchler wurde 1933 aus politischen Gründen in vorzeitigen Ruhestand versetzt. Er lebte, zusammen mit seiner französischen Frau, seitdem in Benediktbeuern, wo er in einem Teil des ehemaligen Benediktiner-Klosters eine Wohnung hatte, zu der auch die unter Denkmalschutz stehenden Experimentier-Räume Joseph von Frauenhofers gehörten.
Um ihre Finanzlage etwas zu verbessern, nahmen Küchlers, mit deren Sohn ich befreundet war, »paying guests« über die Sommermonate auf – unter anderem einmal die beiden Söhne des französischen Botschafters Francois Poncet. Wir alle, der Küchler-Sohn, die Poncet-Söhne und ich, überboten uns in der Erfindung und im Variieren bayerischer Gebirgstrachten, so daß die beiden Poncets es mir zur Bedingung machten, bei dem nächsten Besuch in Paris meine Phantasie-Tracht mitzubringen. Vom Vater Poncet eingeladen, an der Feier des 14. Juli, auf der Tribüne sitzend, teilzunehmen, verließ ich, dem Wunsch meiner Gastgeber entsprechend, meine Behausung in der Rue des Fossés Saint Jacques in weißgebleichten, kurzen Lederhosen, einem weißen Trachtenjanker, Loferln und einem weitrandigen grünen Velourhut, der von Adlerfedern überragt war. In dieser Aufmachung ging ich langsam den Boulevard St. Michel entlang. Der Beifall und das Klatschen aus den Straßenbars war, wenn ich vorüberging, unbeschreiblich – und das nur wenige Wochen vor dem Ausbruch des II. Weltkrieges (in dem der Sohn Küchlers tragischerweise gefallen ist). Wie fabelhaft des Botschafters Poncet Kenntnis unserer Sprache war, konnte ich ermessen, als ihn eine Dame nach der deutschen Bedeutung des Wortes »Gifle« fragte, und er, ohne einen Augenblick nachzudenken, antwortete: »Ohrfeige, Maulschelle, Backpfeife.«
Jene Zeit war, neben den ersten Nachkriegsjahren in Rom, vielleicht die schönste meines Lebens. Abends saß ich friedlich bei meinem Freund Claude-Robert (nachdem dieser den Ärgern über seine Partnerin Mistinguette überwunden hatte); von seiner hochgelegenen Wohnung aus war das in Abendnebeln verschwimmende Paris wunderbar zu überschauen, und die Namen Enghien und Montmorency erschienen mir wie Wörter aus einem Traum! Man sprach zwar viel über »Mars, dieu de guerre«, aber ebensoviel über die »mère ingombrante de Soraya«! Immer wieder hörte man: Gebts ihm endlich Danzig, damit Ruhe ist. – Vor den Kaufhäusern türmten sich auf Holzgestellen unübersehbare Mengen von Waren, die es in Deutschland schon seit langem nicht mehr zu kaufen gab.

D E U T S C H L A N D U N D I T A L I E N   Als ich beschlossen hatte, es in Paris mit einer kleinen Ausstellung zu versuchen, wollte ich nach München fahren, um Bilder abzuholen. In meinem Abteil saßen bereits französische Offiziere, die zur Maginot-Linie fuhren. Gerade zu Hause angekommen, lag bereits der Einberufungsbefehl auf der Treppe, und so landete ich von einem Tag zum anderen in der Funkstelle des bayerischen Generalkommandos in der Münchener Schönfeldstraße (nachdem ich allerdings zuerst eine Rekrutenzeit in der Funk-Kaserne durchzustehen hatte). Doch einen Eid auf den »Führer« legte ich nicht ab; vielmehr hielt ich mich ganz im Hintergrund versteckt.

Eines Abends – es war der letzte des Jahres 1939 – sagte ein Mitglied unserer Einheit, von Beruf Rechtsanwalt: »So, Buama, jetzt zeig ich Euch, wias frira in Bayern ausgschaugt hat«. Er band ein paar weiß-blau karierte Bettücher als Mantel aneinander, setzte sich einen Kochtopf als Krone auf, nahm einen Löffel als Szepter, ließ sich von jungen Soldaten als Schleppenträger begleiten – und: Freitreppe runter – Freitreppe rauf – landeten wir im Vorzimmer des kommandierenden Generals, genau als die Glocken der Kirchtürme Mitternacht ankündigten. Die Türe zum Balkon wurde geöffnet, unser Freund trat hinaus und rief mit lauter Stimme »Nieder mit Hitler!« in die Stille der Nacht. Die einzige Reaktion war das Lachen des wachhabenden Soldaten. Sonst nichts! Leider beging er später die Unvorsichtigkeit, die Sache in größerer Gesellschaft zu erzählen – ein Fehler, unter dem er bis zum Kriegsende zu leiden hatte.

Die Vorgesetzten meiner Dienststelle liebten mich aus begreiflichen Gründen nicht besonders – ich war ein zu fremder Vogel für sie. Als die erste Berufung zur Front eintraf, wurde ich auserwählt. Es begann mit einer Überquerung des Rheins: Ich hatte mich mit dem Kopf auf eine Erhöhung gelegt, die sich bald zu meinem Schrecken als Ameisenhaufen erwies – gleichzeitig donnerte nicht weit von mir eine Kanone, die auf Schienen stand und nach jedem Schuß eine gewisse Strecke zurückgestoßen wurde. Im Elsaß angekommen, war von Franzosen nichts mehr zu sehen! Ich weiß nur, daß ich in Belfort eine Zeitlang (mit Helm und Gewehr auf einer Trommel stehend) im Morgengrauen den Verkehr zu regeln hatte – und dabei feststellen konnte, wie sehr auch in Belfort deutsche Dialekte üblich waren. Nachdem wir die Bombardierung von Antwerpen überstanden hatten, kamen wir nach Den Haag, wo meine sämtlichen Vorgesetzten sich alsbald in Frauenarmen und Alkohol zu verlieren begannen.

Um mich zu einem Sonderführer zu machen, wurde ich in die Heeresnachrichtenschule verlegt, in der wir unglaublich schikaniert wurden. Da die Leuna-Werke nicht weit entfernt waren, entwickelte sich in der Luft ein Gestank, der jeglichen Wunsch, zu essen, abtötete. Bei jedem Fliegeralarm sollten wir in den Luftschutzkeller gehen. Ich tat das nicht, sondern schützte Rheuma vor, das mich am Treppesteigen hindern würde. Nachdem ich also einige Male bei Fliegeralarm im Bett geblieben war, beschloß man, mich zur Ersatztruppe zurückzuverlegen, und so landete ich – als einziger mit Fronterfahrung – wieder bei meiner alten Dienststelle im Münchener Generalkommando – und trumpfte entsprechend auf!

Von der ersten Stunde an wußte ich, daß dieser Krieg für Deutschland verlorengehen würde. Es war kein Krieg der Deutschen – es war der Krieg eines paranoiden Größenwahnsinnigen! Er ging mich nichts an! Als die Kampfhandlungen mit Rußland begonnen hatten, war ich bestrebt, mich soweit wie möglich aus dem Tagesgeschehen zu entfernen – wußte aber nicht genau, wohin, bis mir zufällig in einem Bierlokal – ich glaube, es war der »Mathäser« – ein italienischer Matrose in weißer Uniform auffiel. Er leuchtete inmitten der dunklen Masse seiner Umgebung wie ein Engel! Er war der Engel, der zu meiner Rettung ausgesandt war! Sofort war mir klar: Auf nach Italien! Skrupellos nutzte ich die gesellschaftliche Stellung meiner Familie: Meine Mutter mußte die für meine Versetzung wichtigen Offiziere bezirzen und einladen – bis es endlich so weit war. Ich war jetzt Mitglied der Funkstelle an der deutschen Botschaft in Rom. Da ich aus München die Familie Mollier kannte, machte ich dort meine Aufwartung und wurde herzlichst aufgenommen. Hans Mollier, der unter dem Namen seines Großvaters und Wagner-Gegners, des Komponisten Johann Lachner, die köstlichen »999 Worte bayrisch« verfaßt hatte, war Presseattaché und somit auch Beherrscher der italienischen Zeitungen. Mir ist nie klar ge-

»Es war mir wohl, wenn ich mich elegant wußte.« Fabius von Gugel, Weihnachten 1914

worden, wie es möglich gewesen sein konnte, daß ein so hochkultivierter Mann in so enger Beziehung zum damals herrschenden Regime stand. Vielleicht wollte man auch seinen Teil haben von der Torte, die es nun einmal zu verschlingen galt. Er wohnte im Palazzo Roccagiovane gegenüber dem Palazzo Farnese, indessen ich, wie alle anderen Mitglieder meiner Dienststelle, im Hotel Genova, nahe am Bahnhof, zu wohnen hatte.

Als meine Vorgesetzten herausbekamen, daß das Malen und nicht das Funken mein eigentlicher Beruf war, hatte ich alsbald die Aufgabe, eine Anzahl von Herren zu porträtieren. Auch sollte ich für unseren Kompaniechef (er war der Funkstellenleiter) ein großes Bild von Crespi kopieren. Mollier stellte mir deshalb großzügigerweise den in der Mitte des ersten Stockwerkes gelegenen Saal als Arbeitsraum zur Verfügung, obwohl dort auch noch andere Gäste zu wohnen pflegten, wie etwa der Pianist Edwin Fischer, der damals in Rom seine größten Triumphe feierte. Einmal fuhr ich mit ihm und Molliers Frau Madeleine nach Tivoli, um in einem Gartenlokal, das sich unmittelbar neben dem Sibyllentempel befand, zu Mittag zu essen. Ein Klavierstimmer, der auf der Wiese in nächster Nachbarschaft zu uns einen Flügel wieder in Ordnung gebracht hatte, rauschte nach Beendigung seiner Arbeit mit beiden Händen auf der Tastatur herum. Da er Edwin Fischers Aufmerksamkeit für sein Tun bemerkt hatte, fragte er ihn, ob er es auch einmal probieren wolle. Fischer setzte sich ans Klavier; es herrschte große Stille, und nach erstauntem Schweigen und Zuhören wurde schließlich gefragt: »Ma chi é?« Das goldene Buch der Gaststätte wurde herbeigeholt, und Fischer mußte sich – zur großen Freude des Wirtes – eintragen.

Aus Gründen, die ich nie verstehen konnte, schwebte mir jedesmal, wenn ich an das Haus Mollier denken mußte, der Name von Prinzessin Brambilla (einer Romanfigur bei E.T.A. Hoffmann) vor Augen – es war ein Haus in Callotscher Manier! Morgens, als die Hausherrin noch zu Bette lag, erschien die Wahrsagerin, dann der Masseur. Wenn abends Gäste kamen, durften die Lampen nie sehr hell scheinen, und es durfte auch nicht gelacht werden, um das Make up nicht durcheinanderzubringen. Nach einer Operation der Brüste durfte ich, zusammen mit dem Hausherrn, das Ergebnis begutachten, und schließlich, als ein großes Porträt der außerordentlich gutaussehenden Madeleine auf dem Programm stand, siedelten wir nach Capri über (wohin, da es militärische Zone war, niemand mehr reisen durfte). Zur gleichen Zeit lebte Mussolinis Tochter dort, die Gräfin Edda Ciano, die auf einer Bergspitze ein Haus besaß, in dem sie sich aufhielt, um die Abwesenheit der Touristen zu genießen. Das begonnene Porträt von Madeleine konnte nie vollendet werden – es scheiterte an der weiteren Entwicklung des Krieges.

Fabius von Gugel mit Bruder Wolfram und der Mutter, Mai 1921

Oft fuhren wir ans Meer, dessen Strände umständehalber recht ausgestorben waren. Wir lagen auf großen Frottiertüchern, indessen Molliers Diener das Essen mit weißen Handschuhen servierte. In der Nähe des Strandes gab es eine Villa. Ich saß dort am Fenster, zusammen mit einer der drei Schwestern Olsoufieff – ich glaube, es war jene, die mit dem Prinzen Junio Valerio Borghese vermählt war –, als große Fliegereinheiten vorüberzogen, die die Landung der Alliierten Truppen in Süditalien verhindern sollten. Die Prinzessin sandte den Flugzeugen ihren Segen nach und die Beschwörung für ihren Sieg! (Zu den Nachbarn gehörten übrigens auch die Prinzen Pacelli, die Neffen des Papstes.) Eines Tages – wir kehrten erst spät vom Strand zurück, da unsere Madeleine noch zu lange mit dem ungarischen Militärattaché geturtelt hatte – war es schon düster, als wir über die Piazza Venezia und vorbei am Palast fuhren, dessen Fenster hell erleuchtet waren. Es war die Nacht, in der Mussolini abgesetzt worden war – nicht zuletzt auf Betreiben seines Schwiegersohnes Ciano, dem das später sein Leben kosten sollte!

Unterdessen hatte Italien Deutschland den Krieg erklärt. Beinahe alle Botschaftsmitglieder waren schon abgezogen; vorbei waren die Zeiten, in denen sich ein weitläufiger Verwandter von mir darüber erregte, daß ich, sein Vetter, als gewöhnlicher Funker tätig war und absolut kein Sonderführer werden wollte, aber trotzdem einmal an einem Essen teilnehmen mußte, das zu Ehren

Familienfoto, Herbst 1926

von Max Planck veranstaltet worden war. Ich saß in der Runde, durch einen riesigen Tisch von ihm getrennt, in dessen Mitte sich ein wahres Gebirge aus Blumen erhob, das ringsum von Porzellanfiguren preußischer Generäle aus den Befreiungskriegen umstellt war. Ziemlich unheimlich war mir, daß nur wenige Soldaten in der Botschaft zurückgeblieben waren. Vor der erhöhten Terrasse rief das Volk von unten: »Morte ai tedeschi«, und ich machte meine Kameraden darauf aufmerksam, daß sie eigentlich dafür dankbar sein müßten, die gleichen Erlebnisse haben zu dürfen, wie jene, denen die Königin Marie Antoinette nach Ausbruch der Französischen Revolution ausgeliefert war. Bald aber mußten auch wir das Botschaftsgelände verlassen. Der für den Getränkekeller zuständige Beamte hatte mir, da ich der einzige von den Funkern war, der engere Beziehungen zur Familie von Mackensen unterhielt, die Schlüssel zum Weinkeller ausgehändigt. Eilig hatte ich eine Anzahl von Sektflaschen in den Springbrunnenbecken zur Kühlung untergebracht. Als ich am nächsten Morgen bei der Hektik des Aufbruchs in einen Brunnen fiel, mußte ich, um den Dolmetscher zu spielen, triefend vor Nässe neben dem General sitzen, der, um unseren Auszug zu ermöglichen, einen »laissez-passer« mit sich führte.

Als wir in Frascati ankamen, hatte ich unterwegs alles verloren, was ein Soldat nicht verlieren darf: vom Gewehr bis zur Gasmaske – aber in jenen Zeiten wurde alles, was unsere Einheit anlangte, etwas großzügiger angefaßt. In Frascati hausten wir in Zelten, die nach den Parfüms dufteten, mit denen unsere Uniformen im Hotel Genova gepflegt worden waren, indessen die Außenluft durch die verwesenden Leichen abgeschossener amerikanischer Piloten verpestet war. Es gab kein Trinkwasser – wir tranken den Saft ausgepreßter Weinbeeren, was den Durst noch verstärkte, oder Wasser, in dem sich Würmer zuckend bewegten. Glücklicherweise wurden wir zum Stab Kesselring nach Civita Castellana versetzt, wo wir Unterkunft in der zauberhaften Villa »Val sia Rosa« fanden, mit herrlichem Blick auf den Soracte, – Kesselring bestellte sich bei mir dieses Landschaftsbild als Kupferstich. Von dem Ertrag, den die Wiesen rings um die Villa brachten, lebte eine Bauernfamilie, mit der wir alsbald in bester Beziehung standen, so daß die Söhne es sich nicht nehmen ließen, gemeinsam mit mir die im Wald versteckten, abgeschossenen Amerikaner aufzusuchen, um ihnen etwas Essen zu bringen.

Durch den Vormarsch der Alliierten Truppen wurden wir alsbald nach Norden gedrängt. Ich hatte einige Äußerungen wie »Wenn der Führer zu jedem Opfer für das deutsche Volk bereit ist, warum dankt er nicht ab?« gemacht. Diese Aussprüche wurden weiterkolportiert und mein Chef meinte, daß er mich nicht länger in seiner Einheit halten könne. Ich bekam ein Fahrrad für die Reise in den Untergrund und wollte zu meiner Zia in ein Dorf in der Nähe von Mantua. Unterwegs wurde ich von der SS aufgegriffen, die mich an den Gardasee mitnehmen wollte, um die Richtigkeit meiner Behauptung, daß ich dort den General Wolf treffen sollte, zu prüfen. Unterwegs gelang es mir mit einem Messer, das ich im Strumpf versteckt hatte, die Türe des Lastautos zu öffnen. Da es eine Vollmondnacht war, hielten die Fahrzeuge weiten Abstand voneinander, so daß ich mich, durch die Staubwolken unsichtbar gemacht, auf die Straße fallen ließ, wo ich sofort von mehreren Armen hochgerissen wurde, um dann hinter Heustadeln in einem Wassergraben versteckt zu werden. Nachdem die Gefahr vorüber zu sein schien, wickelte ich mich in Stroh, um dann – vor Kälte zitternd – einzuschlafen. Nachdem die SS-Männer meine Flucht entdeckt hatten, waren sie, um mich zu suchen, wieder zurückgefahren, konnten mich aber nicht finden. Ich bin deshalb ein glühender Freund des italienischen Volkes – man hatte meine Notlage sofort erkannt und mich auf eigene Gefahr hin in Sicherheit gebracht!

Als ich nur noch wenige Kilometer von Redondesco entfernt war, ergriff mich eine Gruppe junger Partisanen und legte mir, um mich zu erhängen, einen Strick um den Hals. Ein alter Bauer, der des Weges kam, fragte die Burschen, was ich ihnen getan hätte und überredete sie, mich freizulassen. Sie taten es zwar – schossen mir aber nach, bis ich an eine Wegkreuzung kam. Ich drehte mich um und fragte, ob man auf der rechten oder linken Straße nach Redondesco käme. Sie antworteten: »Auf der rechten!« und hörten auf, nach mir zu schießen. – Nun war ich endlich in Sicherheit und in den Armen meiner geliebten Zia! Da in jener Zeit der Sippenhaft auch für die Familie eines Deserteurs (der ich ja war) Gefahr bestand, überschritt ich mit Hilfe eines Neffen der Zia die Kampflinie südlich des Po, um mich nach Rom durchzuschlagen, wo ich hoffte, über Monsignore Hemmik Verbindung mit meiner Mutter herstellen zu können.

Inzwischen war ich in der Toskana. Da der bayerische Thronfolger, Kronprinz Rupprecht, in Florenz bei entfernten Verwandten von mir, der Familie von Lochner, Zuflucht gefunden hatte, und ich andererseits keine Verbindung mehr mit meiner Mutter haben konnte, beschloß ich, den Kronprinzen aufzusuchen in der Hoffnung, daß er über einen weiteren Verwandten (Paul von Miller) meiner Mutter Nachricht über meinen Verbleib geben könnte. Er empfing mich wie ein König (das heißt, es wurde mir nichts zum Sitzen angeboten) – er selber setzte sich auch nicht. Schließlich öffnete er seinen Sekretär, nahm aus einer Schublade einige Geldscheine und faltete sie zusammen, um mir das Bündel zu überreichen. Frech wie ich war, meinte ich, daß die bayerischen Könige ja immer schon für ihre Untertanen jede Hilfe, die möglich gewesen wäre, geleistet hätten. Ich glaube nicht, daß ich die Unwahrheit sage, wenn ich auf den Zügen meines Gastgebers eine gewisse Rührung festzustellen glaubte. – Ich sah ihn nach Kriegsende am Tegernsee im Hause Paul von Millers wieder – bei einem Empfang, den der Kronprinz sich gewünscht und auch mich dazu eingeladen hatte.

Die Nichte meiner Zia war auf der noch faschistischen Nordhälfte Italiens mit einem Partisanenführer vermählt, der südlich der Front (auf Seiten der Alliierten) aber ein zweites Mal mit einer wesentlich wohlhabenderen Frau verheiratet war. Als er bemerkte, daß ich von seiner Bigamie erfahren hatte, lieferte er mich in Florenz in amerikanische Gefangenschaft. Wie der Zufall will, mußte ich bei dem Prozeß, der ihm später gemacht wurde, als Zeuge auftreten. Die Gefangenschaft in Florenz war nur von kurzer Dauer und zudem auch abwechslungsreich. Ich war veranlaßt worden, einen Raum des Lagers mit Fresken auszuschmücken. Ich tat es, indem ich aufs genaueste die Malerei einer Palladio-Villa nachahmte, in der riesenhafte, gemalte Giganten das Deckengewölbe zu halten schienen. Von Florenz aus wurden wir schließlich nach Süddeutschland transportiert und nach einem kurzen Aufenthalt im Lager Bad Eibling entlassen.

WIEDER MÜNCHEN UND ROM Endlich wäre ich »zu Hause« gewesen, wenn es in der Zeit meiner Abwesenheit nicht zugelassen worden wäre, meinen Wohnbereich aufzuteilen – teils in Untersuchungsräume der Arztpraxis meines Bruders, in ein Wartezimmer und, was für mich die größte Beleidigung bedeutete: In mein Atelier hatte sich ein Mitarbeiter meines Bruders eingenistet. Ich war zwar zu Hause – aber trotzdem heimatlos! Wütend war ich durch den Garten davongestürmt, und erst als mich meine Mutter dort weinend einholte, ließ ich mich soweit beschwichtigen, daß ich an ihrem Arm wieder umkehrte. Es war ein furchtbares Erlebnis, von dem ich mich für lange Zeit nicht erholen konnte.

Nicht lange nach diesem, für mich schrecklichen Erlebnis fuhr ich 1946 mit der Bahn nach Stuttgart, wo unsere alte Freundin Emily als weiblicher amerikanischer Offizier eingetroffen war. Um mir die Zeit zu vertreiben, las ich Novellen von Maupassant, bis ich plötzlich eine Vision hatte: Das Märchen vom Aschenbrödel stand mir plötzlich genau so klar vor Augen, wie ich es dann später verwirklichen konnte, – daß nämlich der Originaltext der Gebrüder Grimm, ange-

Fabius von Gugel, Rom 1952

reichert durch meine phantastischen Zugaben, sich in den Zeichnungen fortsetzt, die sich dann wieder im Text weiterführen lassen, und so alternierend zwischen Bildern und Sätzen ein Gesamtkunstwerk entsteht, wie es ein solches noch nie vorher gegeben hat. Leider ist das von der Kunstkritik bis auf den heutigen Tag nicht erkannt worden!

Da sich Deutschland in jener Zeit in einem isolierten Zustand befand, konnte Dalí Zeichnungen von mir in seinen Bildern kopieren, ohne das es aufgefallen wäre. So verwendete er meinen »Steinmann« aus der Aschenbrödelserie spiegelverkehrt für sein Buch »50 secrets of magic craftsmanship«, frecherweise auch noch in dem Kapitel »Originalität der Erfindung«, und eröffnete damit die Serie seiner atomaren Bilder – was dazu führte, daß kein Verleger mein Aschenbrödel drucken wollte, weil es hieß: Das ist ja alles von Dalí! Schließlich war der wunderbare, allzu früh verstorbene Verleger Heinz Moos bereit, das Buch in vorbildlicher Weise herauszubringen. Ich quälte mich damals mit Porträts von amerikanischen Besatzungsmitgliedern bzw. deren Ehefrauen, als mich mein alter Freund Richard Brookbank (ein Amerikaner) immer dringender aufforderte, nach Rom zu übersiedeln, wo er, als Chef von Unra-Casas, eine Traumwohnung in der Via San Teodoro gemietet hatte. Um das Einreisevisum zu erhalten, fuhr ich von München nach Frankfurt, in einem Eisenbahnabteil so eingequetscht stehend, daß, endlich am Ziel angekommen, meine Beine zu formlosen Säulen angeschwollen waren. Das Visum wurde mir verweigert und ich beschloß deshalb, meine Reise zu Fuß anzutreten. Es war die Zeit um Allerseelen, als mich mein Bruder, zusammen mit meinem Vetter Gemmingen, per Auto bis an die Grenze bei Scharnitz hinter Mittenwald brachte. Ich setzte den Weg nach Österreich auf der anderen Seite des Tales (dem Bahnhof gegenüber) durch den schon leicht verschneiten Wald gehend fort, um am nächsten Tag mit einer Gruppe von Schmugglern (sie beförderten Nähmaschinennadeln und Insulin) von Salzburg aus über den Tribulaun nach Bozen weiterzuwandern, wo ich mir während des kurzen Aufenthaltes neue Papiere besorgen konnte. Ich hatte den Namen meiner Zia angenommen und hieß nunmehr Fabio Scalari – ein Name, der mir mehrere Jahre, in schönen und bitteren Zeiten, erhalten bleiben sollte.

Bald nach meiner Ankunft in Rom nahm ich ein Bündel Zeichnungen unter den Arm und ging zu Gaspero del Corso, dem Leiter der damals das Kunstleben beherrschenden Galleria dell'Obelisco. Zufällig befand sich auch der Architekt und spätere Maler Fabrizio Clerici in der Galerie – beide Herren entschieden sofort, daß eine Ausstellung meiner Bilder organisiert werden müsse!

Clerici hatte als Architekt den Palazzo von Anna Maria Cicogna in Venedig entworfen und wählte mich in der Folgezeit für die malerische Gestaltung der Innenräume aus, indessen alles Plastische von dem Bildhauer Andrea Spadini, dem Sohn des berühmten Armando, ausgeführt werden sollte. So entstanden die Bemalungen der Speisezimmertüren sowie des Inneren der Kabine eines Lifts – was zu einer Entfremdung mit Clerici führte, nachdem ein Artikel im Time Magazine (mein Freund Peter Tompkins hatte ihn veranlaßt) gewisse Zweideutigkeiten über die Verwendung des Aufzuges behauptete.

Als Gegenleistung für meine Ausstellung in der Galleria dell'Obelisco sollte ich Ohrringe für Irene Brin, der damals berühmtesten Modekritikerin Italiens und Gattin Del Corsos, entwerfen. Nachdem alle Steine und Perlen gezählt waren, ging ich mit meinem Entwurf (Schmuckstücke, die sich hinter der Ohrmuschel befanden, wobei die Formen bis über die Wangen reichten) zu Fürst, dem damals prominentesten Juwelier Roms. Als ich Del Corso erzählt hatte, wohin ich mit meinen Entwürfen gegangen sei, war er erschrocken über die Kosten, die entstehen würden, wenn Fürst nicht wisse, für wen die Ohrringe seien. Ich ging daher noch einmal zu dem Juwelier. – Doch bevor ich den Mund aufmachen konnte, sagte er: »Ich weiß, daß dieser Schmuck für Irene Brin gedacht ist, denn welche Frau in aller Welt würde sonst noch solche Ohrringe tragen!«

Colombo, ca. 1965
Graphit auf
grauem Papier
Verzeichnis-Nr. 114

Damals kam der Dirigent Igor Markevitch auf die verdammte Idee, sich von mir einen Globus mit seinem »Monde Musical« als Weihnachtsgeschenk für seine Frau Topazia Caetani (aus dem berühmten römischen Fürstengeschlecht) bemalen zu lassen. Verdammt, weil ich diesen Auftrag annahm, ohne zu bedenken, daß ein Globus rund ist, und eine Arbeit, die kaum zu bewältigen war, entstehen würde! Ich nahm den Globus mit in mein damaliges Atelier im marokkanischen Rabat, wo ich die Sommermonate verbrachte. Auf der Rückreise mußte er an der spanisch-französischen Grenze ausgeladen werden, da der Zollbeamte (er war Marokkaner) Drogenschmuggel vermutete: Über die holprige und abschüssige Straße rollte die Riesenkugel davon und konnte nur mühsam wieder eingefangen und später in München repariert werden. Gerade noch rechtzeitig konnte ich sie am Heiligen Abend bei Markevitch in der Rue de Vaugirard abliefern, wohin ich mich trotz des starken Schneesturmes, der an jenem Abend in Paris herrschte, durchkämpfen mußte.

In der Wohnung des amerikanischen Kulturattachés Paul Geyer an der Piazza Navona, in der sich (wenn mich meine Erinnerung nicht täuscht) Bilder wie »Der Turm der blauen Pferde« von Franz Marc, die als verschollen galten, befanden, lernte ich den Schweizer Industriellen, Schriftsteller, Sammler und Millionär Maurice Yves Sandoz kennen. – Sandoz, der seine Bücher in eigener Regie veröffentlichen ließ, hatte bislang den Maler Salvador Dalí – der mich bereits mehrmals unverschämt bestohlen und daher auch geschädigt hatte – damit beauftragt, seine Bücher zu illustrieren. Da Sandoz offenbar dem Maler keinen besonderen Enthusiasmus für diese Aufträge abgewinnen konnte, beschloß er, die Illustrationen seines letzten Buches (»Schweizer Erzählungen«) von mir ausführen zu lassen. So kam ich öfters in die Villa »Le Burier«, die Sandoz in Vevey am Genfer See bewohnte. Das Haus war erstaunlich eingerichtet: Über jeder der vier Wände des Speisezimmers befand sich das Porträt einer weißgekleideten Dame von Winterhalter; der Tafelaufsatz, den ich merkwürdigerweise mit etwas aus dem Jugendstil in Zusammenhang bringen zu müssen glaubte, war aus dem Nachlaß der Königin Marie Antoinette!

*Djebel Gueliz
(Marakesch), 1980
Graphit
Verzeichnis-Nr. 121*

Das Grundstück grenzte an jenes, das Sandoz vor Jahren veräußert hatte, als er aus Italien ausgewiesen wurde. Auf meine Frage, warum er kein Bild von Picasso besitze, meinte er, daß er aus einem Bild dieses Malers nicht soviel Freude empfangen würde, als es ihm Geld koste. Erst später erfuhr ich, daß er sich den Fußboden des von ihm aufgegebenen Nachbarhauses von Picasso hatte entwerfen lassen, und das nun die Klosterfrauen ihren Gottesdienst über dem mit Holzbrettern bedeckten Picasso-Fußboden abhielten. Bei ihm lernte ich auch noch einen Freund von Proust, Jacques de la Cretelle kennen, oder bei einem Nachmittagsausflug Charles Chaplin – wovon er natürlich vorher nichts verraten hatte. Sandoz endete schließlich sehr traurig durch Selbstmord; er erhängte sich am Fensterkreuz seines Krankenzimmers, nachdem er vorher am Sprung von einer Brücke am Genfer Bahnhof gehindert worden war.

Manchmal bekam Clerici, obwohl er eigentlich Architekt war, Aufträge für Bühnenbilder – so einmal für die Mailänder Scala und gleichzeitig für die Oper in Rom. Da ihm niemand besseres einfiel, empfahl er mich für die römische Arbeit. Es handelte sich um eine Oper von Felice Lattuada – dem Vater Alberto Lattuadas, der gerade dabei war, den jungen Fellini in sein Arbeitsgebiet einzuführen. Da meine Opernausstattung zufriedenstellend ausgefallen war, übernahm mich Lattuada auch für den ersten Film, den er mit Fellini plante. Er hieß »Luci di Varietà« – in den Hauptrollen: Peppino de Filippo und die mir vom ersten Moment an unsympathische Giuletta Masina. Letzterer Umstand hätte ohnehin eine weitere Zusammenarbeit mit mir unmöglich gemacht, doch da meine Mutter auch noch an Krebs erkrankt war (es war 1955), plante ich sowieso die Rückkehr nach Deutschland. Der Film wurde in einer Halle, die zum Tontaubenschießen gedient hatte, gedreht; deshalb hatte ich allmorgendlich mit dem Fahrrad entlang der Via Framinia bis zur Milvischen Brücke zu fahren.

Clerici meinte, daß er sich nur an den berühmtesten italienischen Autor wenden würde, wenn eine Einführung zu einer Ausstellung seiner Werke erforderlich sei. Er meinte, daß er sich an Ungaretti wenden würde! Ich dachte mir: Was Du kannst, das kann ich auch; und da sich

Thomas Mann gerade als Gast seines Verlegers Mondadori im Hotel Excelsior aufhielt, meldete ich mich kurzerhand dort an und begab mich, meine Aschenbrödel-Zeichnungen unterm Arm, zur festgelegten Stunde zu dem Meister. Er empfing mich mit großer Liebenswürdigkeit und erklärte ausgiebig jedes einzelne meiner Blätter seiner Frau – je länger aber die Unterredung dauerte, desto mehr begann ich einzusehen, daß ich mich doch nicht an den richtigen Interpreten meiner Arbeiten gewendet hatte. Frau Katja gab schon seit einiger Zeit mit Hilfe einer Art von Geheimsprache zu erkennen, daß es nun genug sei, während ich dagegen den Eindruck hatte, daß Thomas Mann noch ganz gerne etwas länger mit mir geplaudert hätte. (Dieser Besuch ist in der Thomas-Mann-Biographie von Peter de Mendelssohn ausführlich beschrieben.)

Zu meinen Freunden in Rom gehörten im übrigen neben Curtius Malaparte, dem Autor des Erfolgsromans »La pelle«, auch der Maler Philippo de Pisis, den ich oft in seiner Wohnung aufsuchte. Er verfügte über eine wertvolle Sammlung von venezianischer Malerei des 18. Jahrhunderts, darunter Werke von Canaletto und Guardi, duldete aber nicht, daß man sich vor diesen Meisterwerken länger aufhielt, als vor seinen eigenen Bildern, die mir spontan gefallen haben. Er hat mich auch als Ganzfigur porträtiert. Auf meiner Flucht hatte ich ihn in Venedig besucht, während Mestre bombardiert wurde; er besaß einen Papagei und einen Gockel, den er in seinem Zimmer hielt, in dem er selber auf dem Bett lag und eine Ausgabe von Robinson Crusoe in lateinischer Sprache laß. Freundschaftliche Verbindungen gab es darüber hinaus auch zu Gottfried von Einem, zu Alberto Moravia und Elsa Morante, dem Maler Bruno Caruso und Muriel Spark, einer Engländerin, die später, 1959, den Roman »Memento Mori«, einen Krimi, der in einem Altersheim spielt, veröffentlicht hat.

Alberto Pescetto – ich hatte ihn bei Clerici kennengelernt –, Intimfreund und Übersetzer von Vladimir Nabokov, war Professor an der Universität von Notre Dame in den USA. Zusammen mit ihm besuchte ich das Haus von Novello Papafava, Präsident des italienischen Rundfunks, in Frassanelle bei Montecatini, als dort gerade die Kurzgeschichten von Böll sehr bewundert wurden. In Pelzmäntel gehüllt saß man in den kühlen Räumen des nach Canovas Entwürfen gebauten Hauses und hörte dem Vorlesen von »Er grünt nicht nur zur Sommerszeit« zu. Da Pescetto erzählt hatte, daß einer meiner Vorfahren der Graf Franz von San Bonifacio gewesen sei (Die San Bonifacios waren im Veronesischen die Vorgänger der Scaliger.), wurde ich in allen Häusern des Veneto mit offenen Armen und als Verwandter aufgenommen. Mit Bianca Papafava, Frau von Novello Papfava, reiste ich in der Gegend umher; wir besuchten ihr Elternhaus, die von Palladio erbaute Villa Emo, die sich von Anbeginn im Besitz der Familie erhalten hatte.

Indessen war einer der Söhne meiner alten Freundin Brentano, die zusammen mit der Schwester meines Vaters, Anna von Rabenau, in deren Villa im Odenwald lebte, deutscher Botschafter in Rom geworden. So kam ich nach Jahren (1956) wieder zu gültigen Papieren, mit denen ich von Rom aus meine Reise nach München antreten konnte. Durch Vermittlung meiner Freundin, der Malerin Bele Bachem, wurde ich noch im gleichen Jahr bei einer Porzellanfabrik tätig, für die ich auf der Brüsseler Weltausstellung eine Vitrine gestaltete, wobei ich für diesen Entwurf den Grand Prix gewann.

Eines Tages – es muß 1957 gewesen sein – nahm mich der Komponist Karl Amadeus Hartmann zu seiner Nachbarin, die ihm gegenüber in der Franz-Joseph-Straße wohnte, mit, und so lernte ich die Schriftstellerin Ingeborg Bachmann kennen, mit der ich später auf Ischia bei dem Komponisten Hans Werner Henze noch öfter zusammentraf. Als ich an der Darmstädter Oper in gemeinsamer Arbeit mit dem genialen Regisseur Harro Dicks die Oper »König Hirsch« von Henze erstmalig nicht im kargen Sellner-Stil, sondern in meinem eigenen ausstatten konnte, begann für mich eine Zeit von so vielen Bühnenaufträgen, daß ich erst jetzt anfangen kann, meine Tätigkeit als Maler aufzuholen!

Saturn I, 1965
Feder, laviert
Verzeichnis-Nr. 68

*Michelangelo oder
Die Verkündigung des Antichrist, 1968/98
Feder, teilweise koloriert und laviert
Verzeichnis-Nr. 69*

Michelangelo oder
Die Verkündigung des Antichrist, 1968
Lithographie
Verzeichnis-Nr. 126

*Triumph des Meeres oder
Die Verkündigung von Sidi Ben Ascher,
1974, Feder
Verzeichnis-Nr. 71*

Mündung des Bou Reg Reg (Rabat),
70er Jahre
Graphit
Verzeichnis-Nr. 120

Sidi Moussa (Rabat), 70er Jahre
Graphit
Verzeichnis-Nr. 119

Die Theologen, 1977
Radierung
Verzeichnis-Nr. 127

El Relicario, 1976
Feder, laviert
Verzeichnis-Nr. 72

Bühnenmodell zu
»The Rake's Progress« von Igor Strawinsky
(Landestheater Salzburg), 1976 (?)
Verzeichnis-Nr. 150

Das Dampfroß, 1978
Lithographie, handkoloriert
Verzeichnis-Nr. 130

Banyan-tree, 1980
Lithographie, handkoloriert
Verzeichnis-Nr. 132

Die Jagd ist älter als das Wild, 1980
Lithographie, handkoloriert
Verzeichnis-Nr. 133

Der Fels von Sigiriya bei Tag, 1980
Lithographie, handkoloriert
Verzeichnis-Nr. 134

Der Fels von Sigiriya bei Nacht, 1980
Farblithographie
Verzeichnis-Nr. 135

Das Wolkengesicht, 1981
Lithographie, handkoloriert
Verzeichnis-Nr. 140

Die Synoptiker, 1981
Lithographie, handkoloriert
Verzeichnis-Nr. 142

Der Semaphor, 1980
Farblithographie
Verzeichnis-Nr. 136

MARTIN MOSEBACH
SIEBEN ANSICHTEN ÜBER FABIUS VON GUGEL

FABIUS DAS KIND sorgt immer dafür, daß es seinen Schuh bei sich hat. Dieser Schuh ist sein ein und alles, sein Lamm, seine Windel, seine Wonne. Nachts steht er neben seinem Kopfkissen und bewacht den Schlaf seines Besitzers; aus seinem Inneren steigen köstliche Träume, die sich wie eine Wolke bis zur Zimmerdecke erheben und von dort auf den frommen Schläfer niederschneien. Wenn er aber morgens die Augen aufschlägt und den Schuh zärtlich in seine Arme geschlossen hat, um ihm allerlei Koseworte in die staunende Öffnung zu flüstern, dann nimmt er in ihm ein erfrischendes Bad; er blickt, mit den Wellen plätschernd wie Marat, aus ihm heraus und ist in ihm ein Matrose, der im Meer und im Boot zugleich sitzt. Auch tagsüber weichen die beiden einander nicht von der Seite, was David seinem Jonathan war, will Fabius seinem Schuh sein, hat er ihm in einem rauschhaften Moment einmal geschworen, zu dem er aber heute noch steht und sich auch gerne daran erinnern läßt. Obwohl Fabius den Schuh schon immer besessen hat, weil er ihm zukam, war seine Liebe zu ihm keine solche auf den ersten Blick. Dazu hatte der Schuh eine zu bewegte Vergangenheit, es war nicht klar, ob er sich nach seinen beträchtlichen Erfahrungen noch einmal würde binden können. Der Schuh war ursprünglich für Aspasia angefertigt worden, die ihn in einem Augenblick der Herzergießung Phryne schenkte, die ihn niemals getragen hat, sich aber seiner um so frecher brüstete. Durch sie kam er schließlich an Sappho, die viel an ihm gut machte in ihrer zutunlichen Art, denn sie hatte ihn erkannt und wußte, daß er aus anderem Holze geschnitzt war, als sonst die Schuhe sind, genau genommen nämlich aus überhaupt keinem Holze, sondern aus feineren, teilweise festeren, teilweise weicheren Substanzen, und zwar auch nicht geschnitzt, sondern gestichelt, gehämmert, gepunzt, gezogen, gewonnen und gefroren. Das Schönste an ihm war sein Absatz, der, wenn das Bedürfnis danach bestand, kirchturmhoch anwachsen konnte und somit auch schwierige Bedürfnisse befriedigte. Dieser Absatz war aus Meerschaum, Elfenbein, weißem Bakelit und cremefarbener Seife so künstlich gedrechselt, daß man glaubte, vor den eigenen Augen die Substanzen sich vermählen zu sehen. Niemals ist ein künstlicheres Bett für die Ferse ersonnen worden als dieser Absatz, niemals ein bereitwilligerer Knecht, ein munterer Atlas für weiße Fersenkugeln. Wer ihn erklommen hat, schaut in das Innere des Schuhs wie in einen liebevollen Vulkan, dessen Wände nicht aus kochender Lava bestehen, sondern aus rot gesteppter Seide – ein heißes Etui, das zum Hineinfahren einlädt. Währenddessen bewegen vorn auf der Kappe, dort wo sonst die Schnallen zu sitzen pflegen, einige Pfauenaugen müde und zärtlich die durchsichtigen Flügel und pudern den Schuh vorsichtig mit ihrem bunten Staub. – Fabius hat diesen Schuh schon unendlich oft gezeichnet, weil er glaubt, seinem treuen Drängen nachgeben zu müssen. Wie gerührt war der Schuh, wenn er auf Zeichnungen, die sich scheinbar mit ganz anderen Gegenständen befaßten, schließlich doch noch auf sein Ebenbild stieß. Manchmal hat Fabius sogar mehrere Schuhe auf ein Blatt versammelt zu kunstvoller Komposition, aber diese Anordnungen entsprechen nur seinem Hang zur Mystifikation: Er will uns allen Ernstes glauben machen, daß es für ihn mehr als nur einen Schuh auf der Welt geben könnte. Wir folgen ihm aber nicht auf diesem Pfad. Wir wissen: Die große Liebe versteckt sich gern. Auf den wenigen Blättern, auf denen Fabius unterlassen hat, seinen Schuh abzubilden, leuchtet immer, an auffälliger Stelle, ein unschuldiger weißer Fleck – was hat seine unermüdliche Hand da aufgehalten, was war da stärker als er? *Anima fabiana candida!*

FABIUS DER REVENANT Fabius selbst nährt das Gerücht, daß er ein Revenant sei. Er hat eine etwas verstiegene Theorie entwickelt, die er gern vorträgt: In den letzten Generationen seiner Familie sei es Brauch gewesen, daß die Männer sich ganz ungewöhnlich

Duett, Anfang 80er Jahre
Feder, laviert
Verzeichnis-Nr. 81

spät zur Zeugung ihrer Nachkommenschaft entschließen konnten; meist waren die Väter schon über sechzig Jahre alt, wenn ihnen im Steckkissen ihr erster Sohn überreicht wurde. Auf diese Weise sei bei ihm ein Erbgut zu körperlicher Entwicklung gekommen, das bei einem normalen Rhythmus der Generationen bereits im beginnenden achtzehnten Jahrhundert reif zur Geburt gewesen wäre. Auf diese Weise gibt er den Menschen Nahrung, die behaupten, er könne kein Mensch unserer Zeit sein, er sei in Wahrheit einer anderen Epoche entsprungen und müsse wohl zu den verdammten Seelen gehören, die im Grab keine Ruhe fänden. Fabius' Methode, diesen Menschen zuzugeben, daß er ein Fremder in seiner Zeit sei, und diese Tatsache zugleich mit seinem biologischen Nonsens zu begründen, verrät Raffinement und führt die Geisterseher, die sich während seiner Erklärung hochbedeutsam angesehen haben, auf den Leim: Im ungläubigen achtzehnten Jahrhundert nämlich, aus dem zu stammen Fabius schlau zugegeben hat, gab es so gut wie keine Revenants mehr, weil sich die Seelen der Unerlösten zu dieser Zeit einfach in ein geruchs- und geschmackloses Gas verwandelten, das freilich bei drückendem Wetter gelegentlich die Sicht beeinträchtigt, aber jedenfalls nicht mehr in Menschengestalt spazieren gehen kann. Ist Fabius ein Revenant, dann also sicher nicht aus dem achtzehnten Jahrhundert. Das neunzehnte Jahrhundert war an der Religion in seinem Innern schon etwas mehr beteiligt – und doch, auch wenn wir uns willig auf die Vorstellung einlassen, er sei aus diesem Säculum zu uns gekommen, wir sollen ihrer nicht froh werden: Für das Empire ist er uns zu grotesk, für das Biedermeier und das Louis-Philippe ist er uns zu zügellos, für die Belle Epoque ist er zu asketisch, für die Jahrhundertwende zu zynisch. Beim siebzehnten Jahrhundert ist uns schon wohler, wenn wir an Fabius denken. Wenn er vielleicht als Höfling mit getürmter Perücke nicht genügend Gravitas besäße, so hat er doch die Entschlossenheit des streitsüchtigen Duellanten und den Mut des Stadtmauern stürmenden Obristen. Nur eins fehlt ihm, er ist nicht schwer genug für dies Jahrhundert, dessen Zeitgenossen an ihrem auffallend hohen spezifischen Gewicht erkannt werden. Diese verantwortungslose Leichtigkeit, die ihm eigen ist, könnte eher auf das sechzehnte Jahrhundert deuten, natürlich nicht nach Venedig, sondern nach Florenz in die Gesellschaft der durchtriebensten Manieristen. Wenn es ihm nur in diesem Kreise priesterlicher Stilisten auf die Dauer nicht zu langweilig würde! Vom fünfzehnten Jahrhundert kann gleich gar keine Rede sein, ebenso könnte sich Fabius gleich in den äußersten Regionen Skandinaviens ansiedeln. Trotz seiner vorbildlichen Bedürfnislosigkeit werden wir nicht einmal den Versuch unternehmen, uns Fabius im Mittelalter vorzustellen. Trotzdem wollen wir die Ansicht, Fabius entstamme nicht unserem Zeitalter, nicht einfach vom Tisch fegen. Aber welchem dann? Wie heißt die Zeit, deren Stempel wir auf seinen Blättern lesen? Sie ist theoretisch, aber unsicher im Urteil, sie ist kühl, aber nicht sehr kräftig, sie ist kompliziert, aber nicht raffiniert – wäre da nicht in ihr ein lebensfreundlicher Funken von Lust und Spott, der wetterleuchtend die schwarz-weiße Szene vergoldet, man könnte meinen, es sei unsere eigene Gegenwart.

FABIUS DER KUPFERSTECHER Wir wissen von keinem einzigen Kupferstich des Fabius von Gugel. Wir kennen aber seine Liebe zu den großen, in Kupfer gestochenen Atlanten mit den Beschreibungen aller Städte der Erde, aller Landschaften, der Tiere und Pflanzen, der Häfen, der Schlachten und Krönungszüge, der berühmten Menschen, der Sterne und der Monde und aller Phänomene der erforschten und unerforschten Natur. Diese Atlanten standen nicht unter den Romanen der Mutter und den Zeitschriftenbänden des Vaters, sondern sie waren in einem selten benutzten Zimmer, das niemals gelüftet wurde, in hohen Schränken hinter feinen Drahtgittern aufgestellt. Holte man, nachdem man mit feingeschmiedetem Schlüsselchen die Türen aufgeschlossen hatte, einen dieser in gelbes Schweinsleder gebundenen Bände hervor und schlug ihn auf, so sah man etwa auf einer Doppelseite die schöne Stadt Magdeburg mit allen Türmen im Hintergrund des Bildes ausgebreitet: Neben jedem Turm war eine kleine Zahl eingetragen, vermittels derer der Betrachter mühelos feststellen konnte, wo in Magdeburg das Zeughaus und wo die St. Philippi-Kirche lag. Im Vordergrund standen prächtige Bäume, die die Ansicht einrahmten; in ihrem Schatten wies in prunkvoller Rüstung mit straußenfedergeschmücktem Helm Minerva den Beschauer, den sich der Kupferstecher als gerade eine kleine Anhöhe gewonnen habend vorstellte, auf die Schönheiten der unten vor ihm liegenden Stadt hin, während auf der anderen Seite gesunde Putten dabei waren, einen Kanonenschlund zu nutzen und zu laden. Das Ergebnis dieser Bemühungen war auf der nächsten Seite zu sehen: Sie stellte aus der gleichen Perspektive die Zerstörung Magdeburgs dar; hinten sah man die rauchenden Trümmer, unter denen weder das Zeughaus noch die St. Philippi-Kirche mehr auszumachen waren, vorn verhüllte Minerva ihr Haupt, zu ihrer Seite aber spielten die Putten mit Totenschädeln, die sie wohl aus der Stadt mitgebracht hatten. Das Sonderbare aber war, daß die beiden Blätter, deren Gegenstände auf so schmerzliche Weise differierten, sich in der Atmosphäre, die sie dem Betrachter mitteilten, in nichts unterschieden. Wer nur eines dieser Blätter gekannt hätte, wäre auf das leichteste in seiner Erinnerung irre zu machen gewesen, wenn man ihm nach einiger Zeit das andere mit der Behauptung gezeigt hätte, es sei dasselbe wie beim ersten Mal. Es war keineswegs nur der Verzicht auf die Farbe, der die Blätter einander so ähnlich machte, das war vielmehr der oberflächlichste und unbedeutendste Effekt. Die Kupferstecher hatten einen ungeheuren Ehrgeiz entwickelt, nämlich den, alles, was es gibt, zu zeigen, und sie mußten dafür eine ihnen eigentümliche Sprache entwickeln. Das Ergebnis ihrer Kunst war mit der Literatur der großen Berichterstatter erfundener und tatsächlicher Reisen aus dem alten Griechenland vergleichbar. Wohin Herodot und Lukian auch reisten, zu den sieben Weltwundern, in alle Länder der Barbaren, zu Medern und Persern, zu Ägyptern und Äthiopiern, in das Innere eines Walfisches und auf den Mond, und was sich sonst noch an abscheulichen Aufenthaltsorten für einen gebildeten Griechen denken läßt, immer stand ihnen dieser elegante, zart-ironische Ton bei der Beschreibung ihrer Erlebnisse zu Gebot, der vielleicht der Eigentümlichkeit des geschilderten Phänomens nicht immer ganz gerecht wird, der aber dafür dazu taugt, daß man sich in ihm mit zivilisierten Menschen verständigen kann. Fabius' Liebe zu den Kupferstechern deckt daher eine Aszendenz auf, die seinen Genealogen bisher entgangen ist: die Blutsverwandtschaft mit den alten Heroen der Zivilisation.

FABIUS DER MORALISCHE Daß die Welt eine Bühne sei, ist eine Behauptung der Jesuiten. Vor den Augen der Engel und Erzengel, der Throne und Herrschaften findet auf ihren hinfälligen Brettern der Kampf statt, den die Tugenden und Laster, unterstützt von guten Geistern und Dämonen, um jene fast nicht wahrzunehmende Substanz führen, die von alters her der Sitz des freien Willens des Menschen sein soll. Es gibt kein erhabeneres Schauspiel, und es gibt niemals einen unentschiedenen Ausgang, denn ein Patt zwischen den Kräften des Guten und des Bösen, ein Schwebezustand der Seele, in dem die Moral den Atem anhält, ist den Jesuiten unbekannt. Die Ausstattung des Stückes ist stets von unerhörter Pracht, wo es um Auf- und Untergang der Welt geht, muß auch die ganze Welt zu sehen sein. Im Hintergrund der Bühne türmen sich auf Leinwand gemalt die Gebirge des Hochmuts und der Eitelkeit, von den Abgründen der Gier und der Hartherzigkeit durchzogen. Zwischen diesen Felsen schimmert blau das Meer der Trägheit und der Selbstvergessenheit, nur selten von den Stürmen der Rachsucht und den Blitzen des Hasses aufgewühlt, befahren von den Galeeren der törichten Hoffnung und den Brigantinen der sträflichen Sorglosigkeit. Die ganze eigentliche Bühnenfläche aber ist platt wie die Lüge, leer wie der Unglaube und wüst wie die Verzweiflung. Dies ist der Boden, auf dem die Triumphe des Bösen wachsen, und den die Triumphe des Guten unter sich lassen müssen. Trompeten- und Posaunenschall ist von Anfang an in der Luft, die Protagonisten ziehen auf hohem Kothurn auf und verhüllen unter ihren Masken ihre Güte, oder offenbaren durch sie ihre Tücke. Die Seele, die, als sich der Vorhang hob, in ihrem weißen Hemd noch ganz gesund zwischen all diesen Erschütterungen bestand, wird im Fortgang des Stückes immer elender und schwächer und muß glücklich sein, wenn zum Schluß wenigstens ihr weißes Hemd gerettet wird, wenn sonst schon nichts von ihr übrig bleiben soll. – Diese Bühne ist Fabius dem Moralischen wohl vertraut, niemals hat er etwas anderes gezeichnet als eben diese Bühne.

Doch obwohl er sich darum bemüht, nichts anderes Bild werden zu lassen als diese Bühne, ergeht es ihm wie Alice im Wunderland, die vergeblich versucht, ihre alten Gedichte aufzusagen: Die Dekorationen, die Masken und Kostüme stimmen, aber es wird ein anderes Stück damit gespielt. Es ist auch ein trauriges und auch ein strenges Stück, es unterscheidet sich aber von denen der Jesuiten darin, daß sein Höhepunkt nicht am Ende, sondern in der Mitte liegt, daß nicht nur der Anfang, sondern auch das Ende feststeht, wohingegen es zum Höhepunkt nicht zu kommen braucht, und daß die Seele zwar nur zuschaut, aber doch nicht untätig bleiben darf. Die moralische Oper, die Fabius auf seiner Bühne spielen läßt, heißt: »Die Tragödie vom jähen Erscheinen und vom raschen Untergang der Schönheit«. In einer Ansammlung zerbrochener Hülsen und papierner Gespenster ereignet sich längst nicht mehr erwartet für einen Augenblick die Epiphanie des Schönen: Speere, die durch die Luft fliegen, bilden einen Atemzug lang das Bild eines Hirsches; ein Steinschlag, der vom Bühnenhimmel niedergeht, formt einen Lidschlag lang eine Statue des Michelangelo; Wolken, die nicht wissen, wie ihnen geschieht, malen an den Himmel ein ernstes Haupt, bis der Wind sie wieder auseinanderbläst. Diese Schönheit kommt heimlich wie der Dieb in der Nacht, und sie ist ebenso schnell wieder verschwunden. Sehen kann sie nur, wer auf sie vorbereitet ist, und wer die Hoffnung auf sie noch nicht begraben hat. Wenn der Vorhang vor der sinnlos-chaotischen Bühne wieder fällt, beleuchtet eine Schrift aus roten Ampeln dem Publikum den Ausgang: »Seid nüchtern und wachsam!«

FABIUS DER PRÄZEPTOR Im Lande, wo die Philosophen König sind, wäre Fabius der Präzeptor der Zeichenakademie. Seine Akademie steht neben dem Pantheon, wo die großen Toten des Staates begraben sind und verehrt werden können. Das Gebäude ist düster und abweisend, gewaltige Säulen flankieren den Eingang und sind doch nur ein zahmes Vorspiel zu der kalten Pracht des Treppenhauses. Hier stehen Marmorgötter mit blindem Blick, die Treppengeländer sind so breit, daß nur ein Riese sie umfassen könnte. Diese Umgebung steht in auffälligem Gegensatz zu den dürftigen, schüchternen Erscheinungen im abgeschabten Rock, die sich an die Wände drücken und scheu umsehen, weil sie das Ausmaß des Prunkes nicht fassen können: Es sind die Schüler der Akademie, die von ihren dörflichen und kleinstädtischen Wohnsitzen morgens in aller Frühe abgereist sind, um zur ersten Stunde ihres Studiums pünktlich in der Hauptstadt zu sein. Alle Umstände des Instituts sind von den Vätern des Staates höchst weise auf die Einschüchterung der Schüler hin ausgerichtet, vor allem auch die große Uhr, deren Zeiger beim Vorrücken wie die Züchtigungsruten wippen. Der Zeichensaal erschreckt durch einen neuen Eindruck: In ihm herrscht die zugige Atmosphäre des Tattersaals, die Gipsmodelle sind verstaubt, die Akte frieren auf ihren Podesten, weil der große schwarze Ofen nicht heizt, auf den mit Inschriften besäten Zeichenpulten liegen in Reih und Glied die gespitzten Bleistifte, die Radiergummis, die marmorierten Federhalter und die Lineale aus speckigem Mahagoni. Vorn aber thront auf erhöhtem Katheder Fabius der Präzeptor im Astrachancape, schlägt mit dem Lineal auf den Tisch und beginnt seinen Vortrag. Weil es die erste Stunde ist, beginnt er mit einem grundsätzlichen Thema: Er spricht über das Werk »De lineamentis obscuris et albis« von Baldassare Baldi, das alles Wissen über die Zeichenkunst enthält, soweit es im Florenz des sechzehnten Jahrhunderts vorhanden war, und deshalb der treueste Begleiter des Anfängers ist. Baldi lehrt, und Fabius trägt vor, daß es zwölf verschiedene Manieren gibt, den Schatten, den das Nichts wirft, zu schraffieren: die baldianische selbst natürlich, sodann aber die vitruvianische, die landschafternde, die deckende, die fließende, die neapolitanische, die skizzierende, die aggressive, die provisorische, die treibende, die weibliche und die allgemeine. Alsbald ist der Saal mit den gedämpften Geräuschen konzentrierter Arbeit erfüllt, das typische Schaben und Rascheln entsteht, das dem Kenner verrät, daß sich hier hundert Menschen im Schraffieren üben, während der Präzeptor oben die ihm auf Befehl hinaufgereichten Blätter zensiert. Eine kurze Störung entsteht nur, als ein magerer rothaariger Schüler plötzlich die Feder hinlegt und mit zitternder Stimme in den Saal ruft, er weigere sich, weiterhin den Schatten des Nichts in den zwölf von Baldi vorgeschriebenen Manieren zu schraffieren, weil es so etwas nicht gebe. Es kostet Fabius nur einen Wink, den dreisten Dummkopf vom Pedell entfernen zu lassen, aber es vergeht doch eine Weile, bis sich die allgemeine Entrüstung über diese Schmähung der Autorität wieder legt und das allgemeine Schaben sich den Saal zurückerobert. So etwa ginge es zu im Lande, wo die Philosophen König sind.   In den Ländern, in denen Fabius tatsächlich lebt, gibt es keine Akademien, die ihn dazu verlocken könnten, ihr Präzeptor zu sein. Wie Papierschwalben, wie die Flaschenpost treiben seine Blätter in der Welt umher, ohne Adressaten und daher auch ohne Antwort. Nur manchmal nimmt sich ein schnurrbärtiger Katalane oder ein Malersknecht aus dem Kaschubenland solch ein Blatt zur Hand und kopiert davon, was ihm daraus paßt. Wenn Fabius später den Raubzug entdeckt, dann lächelt der stille Präzeptor.

FABIUS DER RÖMER Was ist ein Römer? Ein Heide oder ein Katholik? Ein Klassizist oder ein Barockmensch? Ein Mensch, der sich nach Rom sehnt oder einer, der in Rom lebt? Fabius lebt in Rom, aber soll er deshalb ein Römer genannt werden? Bei genauem Nachdenken will uns seine römische Adresse nicht genügen, um ihn einen Römer zu nennen, obwohl er sich in der Nähe des Campo di Fiori zu Hause zu fühlen scheint. Hier kauft er seine Karotten für die Suppe, hier wandelt er über die Straße, ohne die stinkenden Marktabfälle mißbilligend zur Kenntnis zu nehmen; er ignoriert den räudigen Hund auf seiner Türschwelle, er führt ein seufzendes langes Gespräch mit seiner Hausmeisterin und spricht dabei den römischen Dialekt. Im Viertel fällt seine Erscheinung nicht weiter auf, weil die Leute den Anblick großer Herren gewöhnt sind. Wer die Plätze verläßt, stellt fest, daß Fabius in einer stillen Gegend wohnt, einer Region für Katzen und alte Frauen. Selbst wenn es sehr heiß ist, scheint es hier etwas kühler zu sein, obwohl wir mitten in der Stadt sind und die Berge und das Meer mit frischerer Luft weit entfernt liegen. Die Kühle kommt auch nicht von außen heran, sie entsteigt vielmehr den Häusern selbst, die sie gleichsam in ihren unabsehbaren Kellergewölben lagern. Sie ist Tausende von Jahren alt und riecht nach feuchten Steinen und nach gestorbenen Pflanzen. Kein Haus ist hier je verlorengegangen seit Gründung der Stadt, die neueren Häuser haben sich einfach über die alten gestülpt und bewahren sie in ihren bröckelnden Mauern. Ein kleiner Hof liegt so günstig, daß ihn die Sonne wärmen kann. Deshalb hat sich ein Mann auf seinem Korbstuhl vor die Tür seines Geschäftes gesetzt und erwartet hier seine Kunden. Es ist ein Fahrradgeschäft mit Reparaturwerkstatt, die sicher den Schwerpunkt des Unternehmens darstellt. Zur Linken ist die Ladenfront von einer korinthischen Säule begrenzt, die zur Hälfte im Putz der Hauswand steckt, ihr Kapitell ist eine spätantike, aber erstaunlich feine Arbeit, nur geringfügig abgestoßen. Über der Ladentür ist eine gesprungene Marmortafel eingelassen, deren Inschrift einer Stiftung des Pontifex Alexander in kunstvoll abgekürztem Latein feierlich gedenkt. Zur Rechten schließt sich eine verwahrloste, längst geschlossene Kapelle aus der Bernini-Zeit an, ihr Stein ist schwarz, ihre Voluten sind von kleinen Bäumen bewachsen, die ekstatischen Heiligen stehen ohne Kopf in den Muschelnischen und tragen Epauletten aus weißem Taubendreck. Der kleine Hof ist keine Rarität in dieser Stadt, etwas ähnliches wie ihn haben wir an allen Ecken wiedergefunden. Ein Fahrradhändler und Papst Alexander, ein zählebiger Heidentempel und eine gestorbene Christenkirche, diese Anhäufung von nicht zusammengehörenden Personen und Gegenständen, dieser Trödelladen beschädigter historischer Requisiten erhält für den modernen Betrachter, nachdem er ein ästhetisches Unwohlsein unterdrückt hat, den Charakter des Gleichnisses: Der kleine Hof wird ihm zur Allegorie eines Niedergangs, dessen letztes Spielzeug die Collage ist – das absurde Bild aus Trümmerbrocken, die richtig zusammenzufügen sich niemand mehr die Mühe machen will. – Fabius erlebt den kleinen Hof anders. Für ihn ist er keine Collage. Papst und Apollo, Fahrrad und Bernini sind keine Widersprüche. Noch wichtiger: Vergangenheit und Gegenwart sind kein Widerspruch, denn das, was gleichzeitig auf der Welt ist, gehört auch zueinander. Was durch Äonen nur scheinbar getrennt gleichzeitig auf der Welt sein kann, hat Fabius in Rom gesehen. Der kleine Hof hat seine Augen römisch gemacht. Deshalb soll es erlaubt sein, daß wir ihn einen Römer nennen.

FABIUS DER IRRSINNIGE Das Fortschreiten des Irrsinns im Kopf des Zeichners Fabius war an der Tatsache abzulesen, daß in unmerklicher Weise die haarfeinen Striche seiner Zeichenfeder immer kürzer wurden, sich dafür aber in unheimlicher Weise vermehrten und wie ein Schwarm schwarzer Fliegen zusammenrückten. Schließlich konnte niemand mehr die Anzahl dieser immer zahlreicher werdenden Strichlein registrieren, und die freundlichen Besucher schüttelten, wenn sie auf ein neues Blatt sahen, mit einer Bewunderung den

Kopf, in die sich Mitleid und geheimes Grauen vor der riesigen Arbeitslast, die sich der Irrsinnige aufgebürdet hatte, mischten. Jedem mußte die Entwicklung freilich unverständlich bleiben, der nicht in der Lage war, mitzuvollziehen, was diesen bemerkenswerten Furor ausgelöst hatte. Eines Tages lag vor ihm ein Bogen guten Papiers, schwere Ware, aus Lumpen mit der Hand geschöpft, der Rand zart gefasert, ein elegantes Wasserzeichen feinster holländischer Provenienz in seiner Mitte, auf seinem Zeichentisch. Aus dem Oberlicht fiel ein besser nicht zu mischendes Arbeitslicht auf das Blatt, ein grau-blauer Ton, dessen gefärbte Kühle durch einige rosige Strahlen gemäßigt wurde, die dem Betrachter die Illusion einer unverfälschten Beleuchtung eingaben. Welcher Zeichner hätte bei diesen Arbeitsumständen nicht ein unbändiges Vergnügen beim Anblick eines solchen Materials empfunden? Bei Fabius war es an diesem Tage anders. In der Grabesruhe, die ein Künstler zwischen seine Pläne und Konzepte und die eigentliche Arbeit legt, gewann dies Blatt Papier für ihn einen geradezu fürchterlichen Ausdruck. Seine Leere wurde zu seinem Charakter, diese gähnende Schneelandschaft gewann eine gefährliche Kraft, einen eitlen Stolz auf ihre sinnlose Unversehrtheit, der ihm die Kehle zuschnürte, denn er war empfindlich für die Drohgebärden der Hohlköpfe, und er fürchtete die Exzesse der Phantasielosigkeit, die er in der Einbildung des Blattes auf seine Unbeschmutztheit vorausahnen durfte. Ein ebenso impulsiver, aber weniger erfahrener Zeichner als er hätte sich möglicherweise des Angriffs dadurch erwehrt, daß er einfach ein Tintenfaß über das freche Blatt ausgegossen hätte, aber Fabius war klüger, er wußte, daß die Welt nicht besser werden würde, wenn er die weiße Fläche durch eine schwarze Fläche ersetzte. Er wählte deshalb einen anderen Weg: Er zog mit der in das Tintenfaß sorgfältig eingetauchten und abgestreiften Feder grausam einmal quer über das ganze Papier, so daß es in seiner Schande aufschrie. Der Erfolg gab ihm recht, wenn auch zunächst noch durch den schwarzen Querstrich die weißen Flächen womöglich noch unverschämter leuchteten. Der richtige Weg war aber beschritten. Dem öden Weiß war beizukommen, wenn man nur systematisch genug vorging. Von jetzt an gehörten seine Stunden der Vernichtung dieses Todfeindes. Er kreiste ihn ein, er trieb ihn in die Enge, er ließ ihn in den tückischsten Fallen japsen. Zu seinem Grundsatz wurde, ihn nicht völlig auszulöschen. Er erfand nur immer kunstvollere Methoden, ihn zu fesseln, um sich an seinem sinnlosen Aufbäumen zu erfreuen. Die Kästchen, in denen er das Weiß überleben ließ, wurden kleiner und kleiner. Mit grimmigem Hohn bemerkte er, daß dem flüchtigen Betrachter das Labyrinth, das er über das Blatt ausgebreitet hat, von grauer Farbe zu sein scheint. Einst, so hofft er, wird er für sein herkulisches Werk belohnt werden. Er sieht sich selbst gigantisch vergrößert im Himmel am Rande eines weißen Wolkenmeeres sitzen, ein feines schwarzes Netz in seine Fluten senkend, um die Seufzer der tief unter ihm schlummernden Träumer, die nach oben steigen, einzufangen.

Ein Teilabdruck des Textes erfolgte bereits in: Wiesbadener Literaturzeitung, Nr. 24, Wiesbaden 1983

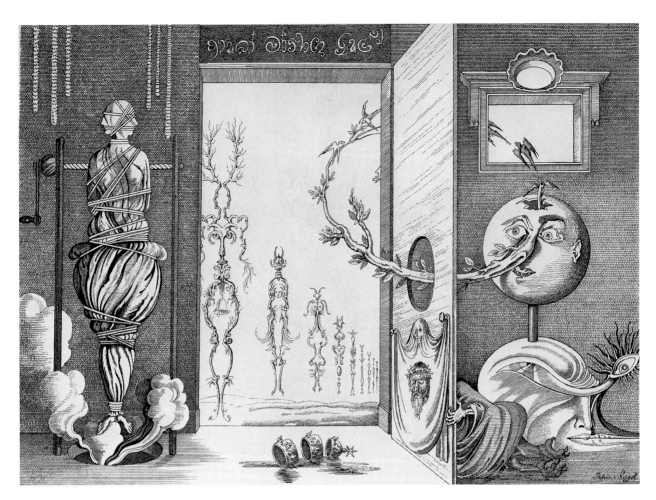

Der Tempel des Antichrist, 1981
Feder
Verzeichnis-Nr. 77

*Das Zeitalter Ludwig II.
von Bayern, 1981
Feder
Verzeichnis-Nr. 76*

Die Krankheit des S. Dalí, 1984
Feder
Verzeichnis-Nr. 85

Totentanz, 1984
Feder
Verzeichnis-Nr. 84

Mitleid mit den Männern,
1987, Feder
Verzeichnis-Nr. 86

Ronda, Hommage à Rilke, 1985
Öl auf Holzfaserplatte
Verzeichnis-Nr. 7

*Illustration zu Kuno Raeber,
zwischen 1989 und 1992
Feder und Faserstift, laviert
vgl. Verzeichnis-Nr. 92 bis 100*

Wie mir scheint, ist Eugenio D'Ors[1] der einzige, der die zahllosen Arten und Unterarten aus der weitverzweigten Familie der barocken Flora aufgelistet hat. Wie ein passionierter Gärtner hat er es verstanden, jeder Pflanze, jedem Strauch einen phantasievollen Namen zu geben, und so ist mit der Zeit in der feuchten Abgeschiedenheit seines Gartens, zu dem nur wenige Privilegierte Zutritt haben, ein prächtiges Treibhaus entstanden. Allerdings sollte man nicht glauben, daß ein Besuch dort so schwierig wäre wie die Besichtigung der Gärten von Caprarola, denn Don Eugenio ist nur zu gerne bereit, Gäste durch sein Reich zu führen. Leider werden solche Liebhaber heute immer seltener, so daß die Alleen häufig verwaist daliegen und die Schlüssel in den moosbedeckten Schlössern knirschen. Uns bleibt nur, einem derart exzellenten Kunstkenner, für den wir die größte Hochachtung empfinden, ab und an ein Päckchen mit Samen zu verehren, um seine Sammlung zu bereichern. So werden wir ihm in ein paar Tagen eine alemannische Rarität senden, die er noch nicht kennt, und ich kann mir sehr gut vorstellen, wieviel Vergnügen ihm dieses winzige, höchst überraschende Blüten treibende Päckchen bereiten wird.

FABRIZIO CLERICI
...WEITERE, UNVORSTELLBARE BIZARRHEITEN

Aus dem Italienischen von Petra Kaiser

Dieser Text erschien 1953 im Katalog der Galleria dell'Obelisco, Rom, wo Fabius von Gugel – vermittelt durch Aldo Scagnetti – seine erste Ausstellung in Italien hatte. Es war zugleich die erste Einzelausstellung überhaupt, die den Künstler als singulären Zeichner einer breiteren Öffentlichkeit vorstellte. Die Veröffentlichung der deutschen Übersetzung des Textes erfolgt mit freundlicher Genehmigung des Archivio Clerici, Rom.

1 Eugenio d'Ors y Rovira (1882-1954); spanischer Schriftsteller; bedeutender Kunstkritiker und Theoretiker von umfassender klassischer Bildung, aufgeschlossen vor allem für französische und italienische Kultur; bewunderte das 18. Jahrhundert; verfaßte neben Prosawerken (zum Teil mit barocken Anklängen) auch Essays und Künstlerbiographien; 1945 erschien in Mailand ein Buch über ihn

»Wie sollen wir sie nennen, Don Eugenio, diese federhafte Orchidee, die sich mit magnetischen Fangarmen schmückt? Welcher Ihrer zweiundzwanzig Unterarten würden Sie sie zuordnen?« Auf den ersten Blick würde man sie zwischen *Barocchus officinalis* und *Barocchus orificensis* einsortieren. Wenn man jedoch die Staubgefäße, die gesprenkelten Fühler und jene verschwommenen Tiefen, wo selbst Bienen Furcht haben werden zu saugen, genauer betrachtet, ist man verblüfft, denn stärker als die Gelehrtheit hält uns die Verwunderung dazu an, mit größter Umsicht vorzugehen. Ich sagen Ihnen, Don Eugenio, daß die Blume durch eine Metamorphose, die in keiner Abhandlung zu finden ist, unter ihren Augen wachsen wird. Verfolgen Sie aufmerksam ihre Entwicklung, Minute um Minute. Und nehmen sie eine gute Lupe zu Hilfe, damit sie die Vorstellung besser genießen können, denn es ist eine richtige Vorstellung, ich wüßte nicht, wie ich es sonst bezeichnen sollte. Zunächst, und bis hierher ist alles normal, bricht die Erde auf. Dann aber erscheinen anstelle eines Stieles, den man ja erwarten würde, kleine Flügel, die das Erdreich beiseite schieben. Einmal an der lauen Luft, beginnen sie sofort zu vibrieren, denn in der Wärme geht ein derart exotischer Samen auf, als habe er große Eile. Die Flügel öffnen sich, und gähnende und nießende Cherubimköpfchen kommen aus den Flügeln hervor. Bei jedem Nießen entweicht aus den winzigen, wächsernen Nasenflügeln eine Pollenwolke, die rundherum ausgestreut wird. Für die Kunden von Fribourg & Treyer in der High Street 130 in Oxford wäre dieser Pollen ein äußerst begehrter *Snuff*, ein Schnupftabak für Hogarth-Nasen. Eine Gießkanne brauchen Sie nicht, besorgen Sie sich lieber ein großes Schmetterlingsnetz, denn die Blume hat es wie gesagt mit dem Aufblühen ziemlich eilig. Schon nach einer Stunde wird sie zu Ihrer Überraschung zwitschern, sie wird kleine Sprünge machen, während die verpuppten Cherubim am Boden einschlafen und sich in Duft auflösen. Dann ist der Augenblick gekommen, schnell mit dem Netz zu agieren, die Blume zu fangen, ohne sie zu verletzen, und sie in eine große Volière zu setzen, damit sie fliegen und Volten schlagen kann. »Was halten Sie von einer derartigen Verrücktheit, Don Eugenio?«
Wahrscheinlich könnte Fabius Gugel, der geduldige Schöpfer derartiger Veredelungen, selbst am besten schildern, wieviel Vergnügen ihm diese bizarren Kompositionen, wo zierliche Flora und erheiternde Fauna sich das Feld teilen, bereitet haben, aber auch wieviel Zeit sie ihn gekostet haben. Dabei können Sie sicher sein, daß Gugel Sie mit seinen Ausführungen weit über die Grenzen der *Greffe en flûte* hinausführen und Ihnen von seltsamen Familien jenseits der Alpen berichten würde, die zwar Zeitgenossen von Magalotti[2] waren, aber von ihm, der ja an Trüffeln ganz anderer Art schnuppern wollte, ignoriert wurden. Von diesen exzentrischen Poeten, die

*Un voyage a Cythère
(Watteau-Baudelaire),
1990
Feder, laviert
Verzeichnis-Nr. 87*

2 Lorenzo Magalotti (1637-1712); italienischer Schriftsteller; Anhänger der Galilei-Schule mit breitem natur- und geisteswissenschaftlichen Wissen; unternahm mit Cosimo III. de'Medici, Großherzog der Toskana, ausgedehnte Reisen quer durch Europa; verfaßte neben wissenschaftlichen Schriften, Erzählungen und Briefen auch Reiseberichte in gewandtem, lebendigem, jedoch etwas eigenwilligem Stil

sich der phantastischen Graphik aller Zeiten und Orte verschrieben haben, wären etliche, kaum weniger exzentrische Namen zu nennen, unter anderem zwei, die vielleicht zum besseren Verständnis von Gugel beitragen, zweifellos aber seine enge Verwandtschaft zu den Exponenten des Phantastischen belegen. Dabei handelt es sich um J. Jacob Schübler, Architekt ohne Bauten und Schöpfer bibliophiler Traumwelten, und die Kupferstecherin Caterina Kleiber, die sich die Bibel als ohrförmigen Garten vorstellte, der eher zu der Wahrsagerin Armida als zu den Propheten paßte. Auch wenn diese beiden nicht die einzigen waren, die mit Nadel und Säure exzentrische Sonette in Helldunkel schufen, so sind wir doch sicher, daß sie die wahren Urahnen jener pikanten Überraschungen sind, welche ich Ihnen jetzt vorlege. Im übrigen bin ich davon überzeugt, daß Fabius Gugel bald bei Ihnen auftauchen wird, denn eines Tages wird er in Ihrem Garten, am Rand der Alleen für *the happy few,* höchst persönlich Saatgut pflanzen für weitere, unvorstellbare Bizarrheiten.

*Seite 115
Illustration zu Kuno Raeber,
zwischen 1989 und 1992
Feder und Faserstift, laviert
vgl. Verzeichnis-Nr. 92 bis 100*

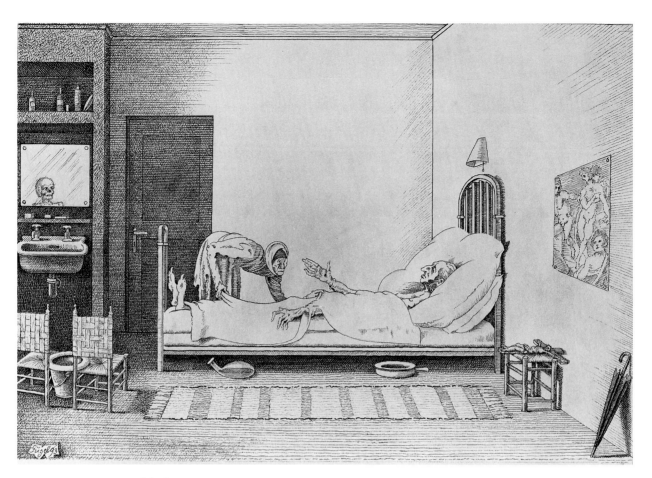

Tod des Geizigen, 1993
Feder und Faserstift, teilweise laviert
Verzeichnis-Nr. 104

*Tod des Rentners
(Selbstbildnis), 1992
Feder und Faserstift,
teilweise laviert
Verzeichnis-Nr. 102*

*Illustration zu
Kuno Raeber,
zwischen 1989 und 1992
Feder und
Faserstift, laviert
vgl. Verzeichnis-Nr. 92
bis 100*

*Seite 119
Tod eines Unzeit-
gemäßen, 1994
Feder und Faserstift, laviert
Verzeichnis-Nr. 106*

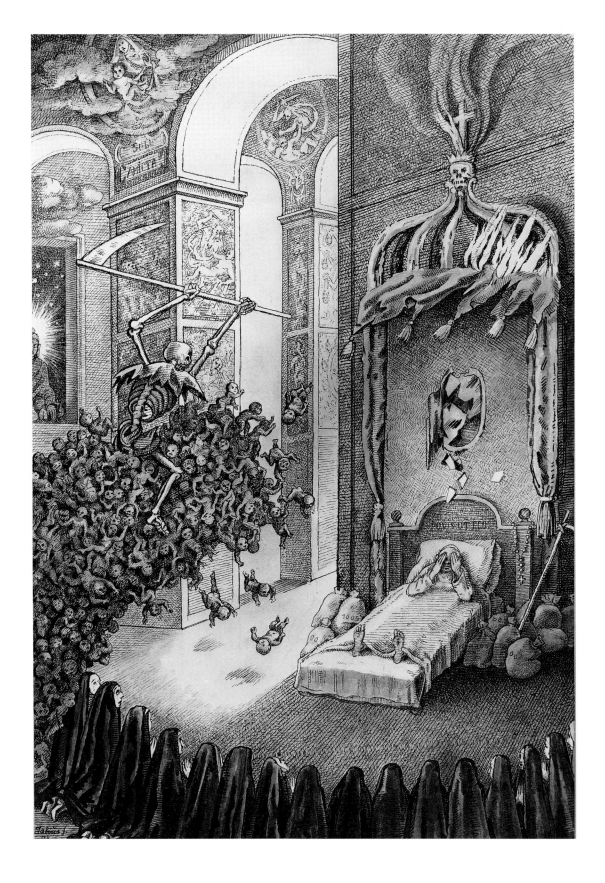

Tod des Anachoreten, 1994
Feder und Faserstift, laviert
Verzeichnis-Nr. 107

Beisetzung, 1996
Feder und Aquarell
Verzeichnis-Nr. 145

La Zia, 1997
Öl auf Leinwand
Verzeichnis-Nr. 8

Der Jäger schläft, 1997
Öl und Tusche auf
Holzfaserplatte
Verzeichnis-Nr. 9

*Piero hat uns verlassen,
1992, Feder, Gouache,
Aquarell, Goldkante,
collagiert
Verzeichnis-Nr. 101*

Fabius von Gugel hat nahezu vierzig Jahre, von 1950 bis 1989, für die Bühne gearbeitet. Eine vollständige Zusammenstellung seiner Bühnenausstattungen gibt es bis heute jedoch nicht. Die nachfolgende Liste ist auf der Grundlage leider nur lückenhafter Aufzeichnungen des Künstlers ein erstes Ergebnis umfangreicher Recherchen an insgesamt fünfzehn Opern- und Theaterhäusern in Italien, Österreich und ganz Deutschland. Mit Ausnahme von »The Rake's Progress« von Igor Strawinsky am Landestheater Salzburg (1976?) und der Oper »Wozzeck« von Alban Berg (um 1958/59?), bei dem der Aufführungsort nicht verifiziert werden konnte, sind alle Angaben mit entsprechenden Dokumentationen (Veranstaltungsplänen, Programmheften und Rezensionen etc.) belegt.

SCENOGRAPHIE ILLUSTRATIONEN AUSSTELLUNGEN EIGENE SCHRIFTEN

Für umfangreiche Hilfe und Unterstützung bei der Erarbeitung dieser erstmaligen Übersicht, die trotz intensiver Nachforschungen zunächst nur fragmentarisch sein kann, ist insbesondere der Theatergeschichtlichen Sammlung der Hessischen Landes- und Hochschulbibliothek Darmstadt, dem Landesarchiv Berlin wie auch den Bibliotheken und Archiven der einzelnen Häuser ausdrücklich zu danken. Für die Nachforschungen am Teatro dell'Opera di Roma sind wir zudem Herrn Roman Hocke, Genzano di Roma, außerordentlich verbunden.

Le preziose ridicole (Les précieuses ridicules)
Commedia lirica in einem Akt von Arturo Rossato nach der gleichnamigen Komödie von Jean Baptiste Molière
Musik von Felice Lattuada
Premiere: 7. Juni 1950
Teatro dell'Opera di Roma, 1950

Giselle
Ballett in zwei Akten von Adolphe Charles Adam nach einer literarischen Vorlage von Heinrich Heine
Premiere: 2. März 1956
Bayerische Staatsoper (im Prinzregententheater) München, 1956

The Prince of the Pagodas (Der Pagodenprinz)
Ballett in drei Akten von Benjamin Britten
Libretto von John Cranko
Deutsche Erstaufführung
Premiere: 17. März 1958
Bayerische Staatsoper (im Prinzregententheater) München, 1958

Der Sturm (The Tempest)
Komödie in fünf Akten von William Shakespeare
Premiere: 25. September 1958
Freie Volksbühne (im Theater am Kurfürstendamm) Berlin, 1958

Wozzeck
Oper in drei Akten und fünfzehn Szenen von Alban Berg nach dem Dramenfragment »Woyzeck« von Georg Büchner
..., um 1958/59 (?)

Die Herzogin von Langeais
Romantisches Drama von Jean Giraudoux nach der gleichnamigen Novelle von Honoré de Balzac
Uraufführung, Premiere: 11. Januar 1959
Residenztheater München, 1959

Undine
Ballett in drei Akten von Frederick Ashton
Musik von Hans Werner Henze
Deutsche Erstaufführung
Premiere: 25. Januar 1959
Bayerische Staatsoper (im Prinzregententheater) München, 1959

*Bühnenmodell zu
»Lukrezia Borgia«
von Gaetano Donizetti
(Städtische Bühnen
Dortmund), 1971
Verzeichnis-Nr. 149*

König Hirsch
Oper in drei Akten von Hans Werner Henze
nach der gleichnamigen tragikomischen
Märchenkomödie von Carlo Gozzi
Premiere: 23. Mai 1959
Landestheater Darmstadt, 1959

Bettina (La putta onorata)
Komödie von Carlo Goldoni
Premiere: 11. Juni 1959
Freie Volksbühne (im Theater am Kurfürsten-
damm) Berlin, 1959

Xerxes
Dramma per musica (Oper) in drei Akten
von Georg Friedrich Händel
nach Silvio Stampiglia und Niccolò Minato
Premiere: 25. September 1959
Landestheater Darmstadt, 1959

*Don Juan oder Der steinerne Gast
(Don Juan ou le festin de Pierre)*
Komödie in fünf Akten
von Jean Baptiste Molière
Premiere: 13. Februar 1960
Schillertheater Berlin, 1960

Dornröschen (La belle an bois dormant)
Ballett in einem Prolog und drei Akten
von Pjotr Iljitsch Tschaikowski
Premiere: 9. November 1960
Städtische Bühnen Frankfurt am Main, 1960

Macbeth
Melodramma (Oper) in vier Akten
von Giuseppe Verdi nach dem gleichnamigen
Drama von William Shakespeare
Premiere: 27. November 1960
Landestheater Darmstadt, 1960

Der Gefangene (Il prigioniero)
Oper in einem Prolog und einem Akt
von Luigi Dallapiccola nach der Erzählung
»La torture par l'espérance« von Conte Villiers
del'Isle-Adam und dem Roman
»Till Ulenspiegel und Lamme Goedzak«
von Charles de Coster
und
Totentanz
von Arthur Honegger
Erstaufführungen
Premiere: 17. September 1961
Landestheater Darmstadt, 1961

Margarete
Oper in fünf Akten von Charles Gounod
Text von Jules Barbier und Michel Carré
nach Goethes »Faust I«
Premiere: 9. November 1961
Landestheater Darmstadt, 1961

Tausend Francs Belohnung
Drama von Victor Hugo
Premiere: 8. Juni 1963
Aufführung des Burgtheaters Wien
im Rahmen der Wiener Festwochen im
Theater an der Wien, anschließend
im Akademietheater Wien, 1963

Die Schule der Frauen (L'Ecole des femmes)
Komödie in fünf Akten von Jean Baptiste
Molière, in neue Alexandriner gebracht
von Hans Weigel
und
Die Nachprüfung (L'Ecole des autres)
Ein Akt als Epilog zu Molières
»Die Schule der Frauen« von André Roussin
(Deutsch von Hans Weigel)
Premiere: 30. Oktober 1963
Theater in der Josefstadt Wien, 1963

Macbeth
Tragödie in fünf Aufzügen
von William Shakespeare
Premiere: 12. Mai 1964
Residenztheater München, 1964

Ariadne auf Naxos
Oper in einem Aufzug und einem Vorspiel
von Hugo von Hofmannsthal
Musik von Richard Strauss
Premiere: 14. November 1964
Deutsche Oper am Rhein Düsseldorf, 1964

Die Fledermaus
Operette in drei Akten von Johann Strauß
nach dem Lustspiel »Le Réveillon«
von Henri Meilhac und Ludovic Halévy
Premiere: 30. Dezember 1967
Landestheater Darmstadt, 1967

Der blaue Vogel (L'oiseau bleu)
Märchenspiel in sechs Akten
von Maurice Maeterlinck
Premiere: 9. November 1968
Thalia-Theater Hamburg, 1968

Der Freischütz
Romantische Oper in drei Aufzügen
von Carl Maria von Weber
Premiere: 3. Juni 1970
Städtische Bühnen Dortmund, 1970

Lukrezia Borgia
Oper von Gaetano Donizetti
nach einem gleichnamigen Drama
von Victor Hugo
Premiere: 27. Mai 1971
Städtische Bühnen Dortmund, 1971

Die Kassette
Komödie in fünf Aufzügen
von Carl Sternheim
Premiere: 6. Januar 1974
Kammerspiele München, 1974

The Rake's Progress (Die Karriere eines Wüstlings)
Oper in drei Akten und einem Epilog
von Igor Strawinsky
Libretto von Wystan Hugh Auden und
Chester Kallman
Landestheater Salzburg, 1976 (?)

Bühnenvorhang zu »Hoffmanns Erzählungen (Phantasiestück in Callots Manier)« von Jacques Offenbach (Staatstheater Darmstadt), 1989 Gouache, teilweise collagiert Verzeichnis-Nr. 153

Falstaff
Komische Oper in drei Akten
von Giuseppe Verdi
nach Shakespeares Komödie
»The Merry Wives of Windsor«
Premiere: 6. Juni 1976
Staatstheater Darmstadt, 1976

Dadatotal
Szenische Collage in zwei Teilen
von Heinz von Cramer
Premiere: 20. Dezember 1976
Theater im Marstall München, 1976

Herr Perrichon auf Reisen
(Le voyage de Monsieur Perrichon)
Komödie in zwei Akten mit Gesang
und Tanz nach Eugène Labiche
Premiere: 20. Dezember 1977
Cuvilliés-Theater München, 1977

Hoffmanns Erzählungen
Phantastische Oper in einem Vorspiel,
drei Akten und einem Nachspiel
von Jacques Offenbach
Text von Jules Barbier unter Verwendung
literarischer Vorlagen von E.T.A. Hoffmann
Premiere: 2. April 1989
Staatstheater Darmstadt, 1989

ILLUSTRATIONEN

Maurice Sandoz: Schweizer Erzählungen,
Morgarten-Verlag, Zürich 1955

Kuno Raeber: Bocksweg, Scaneg Verlag
Richard A. Klein, München 1989

Kuno Raeber: Vor Anker, Scaneg Verlag
Richard A. Klein, München 1992

Der Dichter Kuno Raeber, Deutungen und
Begegnungen, Scaneg Verlag
Richard A. Klein, München 1992

Einen Überblick über Ausstellungen und Ausstellungsbeteiligungen von Fabius von Gugel gibt es bisher nicht. Da sich der Künstler selbst auch kaum mehr an konkrete Daten erinnern kann, muß die nachfolgende Auflistung vorerst leider fragmentarisch bleiben.

EINZELAUSSTELLUNGEN

1953 Galleria dell'Obelisco, Rom
Freie Akademie und Kulturamt, Mannheim (?)
Galerie Carroll, München

1966 Kunstamt, Berlin-Wilmersdorf

1968 Galerie Helmut von der Höh, Hamburg

1980 Galerie Levy, Hamburg
Museum Villa Stuck, München

1983 Bayerische Vertretung in Bonn

1984 Galerie Bollhagen, Worpswede

1988 Kunstverein Heilbronn

1998/99 Panorama Museum,
Bad Frankenhausen

AUSSTELLUNGS-
BETEILIGUNGEN

1948 Vision und Mythos, Galerie Egon Günther, Mannheim

1954 (?) Galerie Allard, Paris (zusammen mit Fabrizio Clerici, Leonor Fini, Stanislao Lepri und Ernst Fuchs)

1966 Ars Phantastica in Deutschland, Galerie Richard P. Hartmann, München

166-67 Labyrinthe, Phantastische Kunst vom 16. Jahrhundert bis zur Gegenwart, Akademie der Künste Berlin, Staatliche Kunsthalle Baden-Baden; Kunsthalle Nürnberg

1967 Ars Phantastica. Deutsche Kunst des Magischen Realismus, Phantastischen Realismus und Surrealismus seit 1945, Albrecht Dürer Gesellschaft, Schloß Stein bei Nürnberg

1968 Phantastische Kunst in Deutschland, Kunstverein Hannover

1968 Mundus Mirabilis, Galerie Richard P. Hartmann, München

1969 Meister der Phantastischen Malerei, Galerie Richard P. Hartmann, München

1970/71 Manierismus in der Kunst, Galerie Richard P. Hartmann, München

1975 Neomanierismus, Westend Galerie, Frankfurt a. M.; Goethe-Museum, Rom

1981 Zur italienischen Kunst nach 1945. Deutsche Künstler und Italien, Frankfurt a. M.

1986 Pfälzische Phantasten. Wege der Kunst nach Hieronymus Bosch, Kunstverein Villa Streccius, Landau

1995 Begegnung '95, Burg Altena

1997 An den Quellen der Phantastik. Quelle – Wasser – Fluß, Galerie Villa Rolandseck, Remagen-Rolandseck

1998 Der Faden der Ariadne. Phantastische und visionäre Kunst, Kulturzentrum Herrenhof Mußbach, Neustadt an der Weinstraße

EIGENE SCHRIFTEN

Fabius von Gugel: Aschen-Brödel oder Der verlorene Schuh, Heinz Moos Verlag, München 1965 (broschierte Ausgabe 1981)

Fabius von Gugel: Lob der Verzweiflung, achtunddreißig Gedichte von Fabius von Gugel, K. Guha Verlag, Wiesbaden 1984

AUSGESTELLTE WERKE

Soweit nicht anders angegeben, befinden sich alle Arbeiten im Besitz des Künstlers. Bei den Maßangaben steht grundsätzlich Höhe vor Breite. Da nur wenige Arbeiten datiert sind, basieren die Jahresangaben im wesentlichen auf Hofstätter (Fabius von Gugel, Das Graphische Werk, Köln 1982), auf Stilvergleichen und auf Angaben des Künstlers.

GEMÄLDE

1. *Aktäon*, um 1935-37
Öl auf Leinwand
54,5 x 65,5 cm

2. *Der Abend*, ca. 1936
Öl auf Leinwand
60 x 73 cm

3. *Die Benediktenwand*, 1939
(Replik, nach 1945)
Öl auf Leinwand auf Holz
34 x 60 cm

4. *Das Ende der Campagna*, um 1955
Öl auf Leinwand
37 x 50,5 cm

5. *Die Fußballer*, um 1955
Öl auf Holz
74 x 33 cm

6. *Kartenspieler*, 1956
Öl auf Leinwand
99 x 53,5 cm

7. *Ronda, Hommage à Rilke*, 1985
Öl auf Holzfaserplatte
95 x 65,5 cm

8. *La Zia*, 1997
Öl auf Leinwand
150 x 75 cm

9. *Der Jäger schläft*, 1997
Öl und Tusche auf Holzfaserplatte
95 x 64 cm

10. *Ganymed (nach Michelangelo)*, 1997
Öl auf Leinwand
80 x 60 cm

11. *Ganymed (nach Rembrandt)*, 1997
Öl auf Leinwand
80 x 60 cm

12. *Siesta*, 1962/98
Öl auf Leinwand
155 x 62 cm

13. *Die Möwe*, 1998
Öl auf Leinwand
50 x 70 cm

14. *In Memoriam Kuno Raeber: Tiberfischer oder Die Brücke*, 1998
Öl auf Holz
58 x 83 cm

15. *Gran Canaria*, 1998
Öl auf Leinwand
60 x 80 cm

16. *La divina bonta*, 1998
Tusche und Öl auf Leinwand auf Holz
58 x 95 cm

ZEICHNUNGEN

17. *Mythologische Szene*, 1937
Pinsel
18 x 21 cm

18. *Das Segel*, 1947
Feder, teilweise laviert
32 x 21 cm

19. bis 46.
28 Zeichnungen zu »Aschen-Brödel«, 1946-48
Feder (5 Blätter in Fotokopie, patiniert)
Blattgröße jeweils 21,5 x 31,9 cm
(Kopien jeweils ca. 20 x 30,5 cm)

Ein Vorabdruck des »Aschen-Brödel« ist 1947 in der Zeitschrift Prisma erschienen. Die Textfassung muß zu diesem Zeitpunkt also schon vorgelegen haben. Auch die Mehrzahl der Zeichnungen dürfte bis dahin bereits fertiggestellt gewesen sein. In Einzelfällen wurden bei der Erstveröffentlichung des Werkes in Buchform 1965 (und bei dem broschierten Nachdruck von 1981) aber auch Zeichnungen aus späterer Zeit einbezogen, so in einem im Format den übrigen Blättern angeglichenen Ausschnitt der »Triumph der Vögel« von 1951 und das Blatt »Die Jagd ist älter als das Wild« in einer zweiten, wohl 1950 geschaffenen Fassung. Zum Teil gehen die Motive der Zeichnungen jedoch auch auf frühere Bilderfindungen zurück, so das Blatt »Catacumba«, das 1941 datiert ist und – sicher im Zuge der Erarbeitung des »Aschen-Brödel« – später angestückt und entsprechend ergänzt worden ist. Während »Der Triumph der Vögel« als Teil der Folge der »Trionfi« dort in der Originalfassung zu sehen ist, fehlt das Blatt »Aschenbrödels Triumph« leider ganz in der Ausstellung. Fünf weitere Blätter, die verschollen oder in Privatbesitz ungreifbar gewesen sind, wurden vom Künstler in Vorbereitung dieser Ausstellung von Faksimiledrucken fotokopiert und im Papierton patiniert. Die Kopien sind entsprechend ausgewiesen. Bei den »Brunnenfiguren« handelt es sich nach einem Vermerk des Künstlers auf der Rückseite der Zeichnung zudem um eine Replik des in Paris verlorengegangenen Originals, ausgeführt 1960.
Nach Aussage des Künstlers haben die einzelnen Zeichnungen keine Titel. In der Mehrzahl der Fälle fanden sich jedoch auf den Rückseiten der Passepartouts handschriftlich vermerkte Titelbezeichnungen, die in der Regel wohl von der Hand des Künstlers selbst stammen. Wo dies nicht der Fall war, wurde bei den nachfolgend verwendeten Bezeichnungen auf Titelangaben bei Hofstätter (Fabius von Gugel, Das Graphische Werk, Köln 1982) zurückgegriffen. Die entsprechenden Blätter sind mit * gekennzeichnet. Trotz eindeutiger textlicher Korrespondenzen und Entsprechungen muß schließlich die Zuordnung des Titels »Jason und Medea«, der sich auf einem losen Rücklagekarton bei dem Konvolut der Zeichnungen fand, hypothetisch bleiben.
Die Reihenfolge der Titel entspricht der Abfolge, wie sie in der 1965 im Heinz Moos Verlag München publizierten bibliophilen Ausgabe des »Aschen-Brödel« vorgegeben ist. Blatt 17 (Ausschnitt aus »Der Triumph der Vögel«) und Blatt 28 (»Aschenbrödels Triumph«) wurden in der nachfolgenden Aufstellung – da in der Exposition so nicht gezeigt – ausgespart.

19. *Andromeda als Aschenbrödel*
20. *Die Todesattrappen*
21. *Jason und Medea**(?)
22. *Die Hähne*
23. *Die entarteten Schwestern*
24. *Jeanne d'Arc**(Kopie)
25. *Vater und Tocher oder Der Triumph von Wassermann und Jungfrau**
26. *Gefäße des Leids*
27. *Das Haselreis oder Der Trinker*
28. *Die Augen der denkenden Pferde**(Kopie)
29. *Catacumba*
30. *Das Zukunftsgesicht*
31. *Der tote Dichter**
32. *Verschleierte Fee*
33. *Aschenbrödels Schwestern als die Gefangenen ihrer eigenen Bosheit**
34. *Thomas Becket oder Der Gefangene der Nacht**
35. *Tanz der Nachtgeister*
36. *Brunnenfiguren**(Replik)
37. *Die Jagd ist älter als das Wild**(Kopie)
38. *Die schwierige Trennung*
39. *Die Wetterwendigkeit der Mädchen*
40. *Der Schuhprinz*
41. *Vexier-Schuhbild*

42. *Der Steinmann** (Kopie)
43. *Die Eifersucht*
44. *Der Schreck des Prinzen**
45. *Das Wolkengesicht** (Kopie)
46. *Titelvignette*

47. *Der Tod Christi (Kreuzigung),*
oder Die Überwindung des Todes, 1948
Feder
38,5 x 28,5 cm

48. *Vogelfuttermaschine,* 1949
Chinatusche auf Papier
36 x 26 cm
Privatsammlung, Rom

49. *Die Gefangenen der Hölle,* 1950
Feder, laviert
20,5 x 23 cm

50. *Die alte Gräfin,* 1950
Feder
23,2 x 19,5 cm

51. *Trennung von Licht und Finsternis,* 1950
Feder, teilweise geschwärzt
30 x 32,5 cm

52. *Coeur-Dame,* 1950
Chinatusche auf Papier
30 x 21 cm
Privatsammlung, Rom

53. *Treff-Dame,* 1950
Chinatusche auf Papier
30 x 21 cm
Privatsammlung, Rom

54. *Pique-Dame,* 1950
Chinatusche auf Papier
30 x 21 cm
Privatsammlung, Rom

55. *Caro-Dame,* 1950
Chinatusche auf Papier
30 x 21 cm
Privatsammlung, Rom

56. *Die vier Jahreszeiten,* 1950
Feder
35 x 54,5 cm
Privatbesitz

57. *Triumph des falschen Frühlings*
über den Winter, 1950
Feder
42 x 29 cm

58. *Triumph der Haare einer alten Dame,* 1950
Feder
42 x 29 cm

59. *Triumph der vollkommenen Witwenschaft,*
1951
Feder
42 x 29 cm

60. *Triumph der Liebe,* 1951
Feder
42 x 29 cm

61. *Triumph eines Bürgermeisters,* 1951
Feder
42 x 29 cm

62. *Triumph der Vögel,* 1951
Feder
42 x 29 cm

63. *Triumph der Verfolgung,* 1951
Feder
42 x 29 cm

64. *Zwei Stadien des Wahnsinns,* 1951
Feder, laviert
26 x 21,5 cm

65. *Der Morgen,* 1952
Feder
24 x 33 cm

66. *Der Abend,* 1952
Feder
23,5 x 32,5 cm

67. *Die Nacht*, 1952
Feder
23,5 x 32 cm

68. *Saturn I*, 1965
Feder, laviert
56 x 78 cm

69. *Michelangelo oder
Die Verkündigung des Antichrist*, 1968/98
Feder, teilweise koloriert und laviert
28 x 41,5 cm

70. *Der Jäger schläft*, 1971
Feder
58 x 37,5 cm

71. *Triumph des Meeres oder
Die Verkündigung von Sidi Ben Ascher*, 1974
Feder
53,5 x 87 cm

72. *El Relicario*, 1976
Feder, laviert
65,5 x 45 cm

73. *Meine Jugend – wie sie war*, 1980
Feder
30 x 56 cm
Alfred Neven DuMont, Köln

74. *Meine Jugend - wie sie in meiner Erinnerung
geblieben ist*, 1980
Feder
30 x 56 cm
Alfred Neven DuMont, Köln

75. *Das Ende des Zodiakus*, ca. 1981
Feder
46,4 x 68,5 cm

76. *Das Zeitalter Ludwig II. von Bayern*, 1981
Feder
43 x 61,2 cm

77. *Der Tempel des Antichrist*, 1981
Feder
43 x 61,3 cm

78. *Steinigung*, 1982
Feder, laviert
24 x 18 cm

79. *Die Gefangene*, 1982
Feder, laviert
11,5 x 21,5 cm

80. *Magische Momente*, 1982
Feder, laviert
19 x 26,5 cm

81. *Duett*, Anfang 80er Jahre
Feder, laviert
25,5 x 35 cm

82. *Marokko*, 1983
Feder (Triptychon)
Mittelteil: 48 x 70 cm
Seitenteile je: 48 x 35 cm

83. *Goethe in der Campagne*, um 1983/84
Feder
28 x 37,8 cm

84. *Totentanz*, 1984
Feder
39,2 x 58 cm

85. *Die Krankheit des S. Dalí*, 1984
Feder
39 x 58 cm

86. *Mitleid mit den Männern*, 1987
Feder
46 x 63,5 cm

87. *Un voyage a Cythère
(Watteau-Baudelaire)*, 1990
Feder, laviert
35 x 50 cm

88. *Orpheus und Eurydike*, 1990
Pinsel und Feder
35 x 49,5 cm

89. *Kain und Abel*, 1990 (?)
Pinsel und Feder
35 x 49,5 cm

90. *Tod des Architekten*, um 1990
Feder, laviert
39 x 34 cm

91. *Dies irae oder Urlaubsfreuden*, 1991
Feder und Faserstift, laviert
29,5 x 49,5 cm

92. bis 100.
9 Illustrationen zu *Kuno Raeber*,
zwischen 1989 und 1992
Feder und Faserstift, laviert
4 Blatt ca. 27,5 x 18,5 cm
5 Blatt ca. 25 x 17,8 cm

101. *Piero hat uns verlassen*, 1992
Feder, Gouache, Aquarell, Goldkante,
collagiert
50,8 x 32,5 cm

102. *Tod des Rentners (Selbstbildnis)*, 1992
Feder und Faserstift, teilweise laviert
40,5 x 19 cm

103. *Sterbende Hoffnung*, 1993
Pinsel, Feder und Faserstift
48,5 x 34,5 cm

104. *Tod des Geizigen*, 1993
Feder und Faserstift, teilweise laviert
35 x 52,2 cm

105. *Tod des Hermaphroditen*, 1993
Feder, laviert
37,8 x 51,5 cm

106. *Tod eines Unzeitgemäßen*, 1994
Feder und Faserstift, laviert
55,5 x 37,3 cm

107. *Tod des Anachoreten*, 1994
Feder und Faserstift, laviert
38 x 55,5 cm

108. *La Pesadilla (Alpträume)*, 1994
Feder, laviert
49,5 x 34,5 cm

109. *Die Schlange*, 1994
Feder, laviert
29 x 35,2 cm

110. *Der besiegte Tod*, 1994
Feder und Faserstift, laviert
29 x 48 cm

LANDSCHAFTSSTUDIEN

111. *Ripa Latina*, ca. 1943
Sepia
22,5 x 34 cm

112. *Del Gado, Aqua Quaioula bei Valsiarosa*,
ca. 1943
Tusche
21,8 x 31,8 cm

113. *Der Bahnhof von Wellawatta (Colombo)*,
ca. 1965
Graphit auf grauem Papier
17,3 x 32 cm

114. *Colombo*, ca. 1965
Graphit auf grauem Papier
17,5 x 32 cm

115. *Ain Chkeff (bei Tez, Marokko)*, 1974
Graphit
20,8 x 29,7 cm

116. *Ain Chkeff (bei Tez, Marokko)*, 1974
Graphit
21,4 x 29,7 cm

117. *Nordspanien (Galicien?)*, 1975
Graphit
23,7 x 35,5 cm

118. *Nerano*, 1976
Graphit
30,8 x 24,1 cm

119. *Sidi Moussa (Rabat)*, 70er Jahre
Graphit
10,5 x 27,6 cm

120. *Mündung des Bou Reg Reg (Rabat)*,
70er Jahre
Graphit
10,5 x 32 cm

121. *Djebel Gueliz (Marakesch)*, 1980
Graphit
24 x 32 cm

122. *Verlassenes Haus (Marakesch)*, 1980
Graphit
23,7 x 32 cm

DRUCKGRAPHIK

123. *Das Gleichnis vom Spatzen*, nach 1950 (?)
Radierung
35,1 x 25,5 cm

124. *Erbauung Roms als barocke Stadt*, 1951
Radierung
28,7 x 40,1 cm

125. *Librorum Triumphus*, 1965
Radierung (und Kupferstich ?)
38 x 53,8 cm

126. *Michelangelo oder
Die Verkündigung des Antichrist*, 1968
Lithographie
37 x 30 cm

127. *Die Theologen*, 1977
Radierung
27 x 20 cm

128. *Die Historiker*, 1977
Radierung
26,8 x 19,2 cm

129. *Die Humanisten*, 1977
Radierung
26,5 x 19,2 cm

130. *Das Dampfroß*, 1978
Lithographie, handkoloriert
40,7 x 58,3 cm

131. *Kinderverkäuferin in Bombay*, 1980
Lithographie, handkoloriert
40,4 x 58 cm

132. *Banyan-tree*, 1980
Lithographie, handkoloriert
40,5 x 57 cm

133. *Die Jagd ist älter als das Wild*, 1980
Lithographie, handkoloriert
41 x 57 cm

134. *Der Fels von Sigiriya bei Tag*, 1980
Lithographie, handkoloriert
40,5 x 57 cm

135. *Der Fels von Sigiriya bei Nacht*, 1980
Farblithographie
41 x 58,1 cm

136. *Der Semaphor*, 1980
Farblithographie
42 x 58,5 cm

137. *Kampf der Galionsfiguren im Hafen von
Larache*, 1980/81
Lithographie, handkoloriert
39,5 x 58 cm

138. *Indischer Hafen,* 1981
Lithographie, handkoloriert
40,5 x 58 cm

139. *Afrikanische Gaukler,* 1981
Lithographie, handkoloriert
40,7 x 58 cm

140. *Das Wolkengesicht,* 1981
Lithographie, handkoloriert
40,2 x 58 cm

141. *Der Kochelsee,* 1981
Lithographie, handkoloriert
40,5 x 58 cm

142. *Die Synoptiker,* 1981
Lithographie, handkoloriert
40,6 x 57,8 cm

143. *Der Garten von Herrenhausen,* 1986
Zinkographie, koloriert
47,8 x 67,5 cm

AQUARELLE

144. *Wanderer,* 1996
Aquarell
37,8 x 55,8 cm

145. *Beisetzung,* 1996
Feder und Aquarell
33,5 x 48,6 cm

146. *Der Finger Gottes,* 1996
Feder und Aquarell
37 x 54,5 cm

147. *Nachtgeister ,* 1997
Feder und Aquarell
35 x 49 cm

148. *Ganymed,* 1997
Feder und Aquarell
35 x 49 cm

ENTWÜRFE

149. Bühnenmodell zu »*Lukrezia Borgia*«
von Gaetano Donizetti
(Städtische Bühnen Dortmund), 1971

150./151. Bühnenmodelle zu
»*The Rake's Progress*« von Igor Strawinsky
(Landestheater Salzburg), 1976 (?)

152. Bühnenmodell zu »*Herr Perrichon
auf Reisen*« von Eugène Labiche
(Cuvilliés-Theater, München), 1977

153. Bühnenvorhang zu »*Hoffmanns Erzählungen
(Phantasiestück in Callots Manier)*« von Jacques
Offenbach (Staatstheater Darmstadt), 1989
Gouache, teilweise collagiert

154. Entwurf zu: *De Revolutionibus Orbium
Coelestium,* um 1991/92
Feder, aquarelliert
20 x 52,3 cm

155. Teppichentwurf (für Arnold Wals), 1992
Faserstift, Tusche, Aquarell
35,5 x 23,8 cm

PORZELLANE / KERAMIK

156. *Die Mutter,* um 1936
gebrannter Ton, Höhe 19 cm (mit Sockel)

157. *Leuchter für Rosenthal,* 1959
Porzellan, Höhe 50 cm

158. *Vase für Hutschenreuther,* 1961
Porzellan, Höhe 27 cm

159. *Leuchter für Restaurant »Rive«, Hamburg
(mit Konsolen),*
Anfang 90er Jahre
gebrannter Ton, glasiert

160. *Tischgerät,* 1994 und 1997/98
Ton, gebrannt und glasiert, 5 Teile